# 山折哲雄
# こころ塾 II

Yamaori
Tetsuo
Kokoro juku

読売新聞大阪本社 編

東方出版

# はじめに

「読売こころ塾」は能舞台で繰り広げられる人生の達人たちの対話である。宗教学者の山折哲雄さんが塾長になり、ゲストの著名人と語り合う。二人で言葉を投げ合い、受け合い、話は膨らみ、流れていくのだが、まさに当意即妙、変幻自在。

野球にたとえるなら、直球あり、曲球あり。時に剛球がうなり、時にスローカーブで幻惑させる。それを楽しみながら打ち返す。右へ、左へ。前へ、後ろへ。攻守交代しながら話は紡がれ、広がり、深くなる。われわれ聴衆は、拍手を送り、笑い、涙ぐみ、うなずき、二人の作り出す世界に没入する。塾の二時間余は矢のように速く過ぎていく。

テーマはさまざまである。文学、宗教、教育、芸術——。生について、死について。ゲストの歌や踊りが飛び出すこともあり、聴衆は大感激である。われわれは二人と世界を共有し、自分の人生と重ね合わせてみる。生き方の示唆を受けることもあるし、前向きになれることもある。塾がいまも続いているのは、そうした思いの人が多いからなのだろう。

「読売こころ塾」は六年前の二〇〇二年、読売新聞大阪発刊五十周年記念の企画として生まれた。発案者は当時、編集委員だった音田昌子さん（現・大阪府立文化情報センター所長）である。

〈おもいやりとか、やさしさとか、大切なものが軽んじられてきているけれど、黙っていて、いいんでしょうか。日本人が日本人のいいところを見失っているのですよね。そうしたことを著名な方に

語り合ってもらうというのはどうでしょうか〉

老川祥一専務取締役編集担当（現・東京本社代表取締役社長）らと、そんな話し合いをし、企画は即了承された。「会場は能舞台ですね。日本人の心を表現するのは能舞台しかありません」。私の思いつきで、会場は大阪市の大槻能楽堂をお借りすることになった。

塾長には山折さん――。このことを、音田さんは企画段階から決めていたようだ。というより、山折さんをイメージして企画したというのが正しいだろう。「だって、ほかにどなたがいるのですか」。その通りである。塾は山折さんなくして成り立たない。

かくして、塾はスタートし、現在まで二十四回開かれた。ここには、十二回目の田中優子さんから二十三回目の新井満さんまでを収めている。それ以前は第一冊目に掲載している。

「こころ塾」にはシナリオがあるのですか、と質問を受けることが時々あるが、決してそうではない。山折さんとゲストの方々の機知に富んだ話がそう思わせるのである。そんな塾に育てていただいた山折さんとゲストの方々に感謝申し上げます。

東方出版のみなさんにも大変お世話になった。塾で一緒に泣いたり、笑ったりしたいというわれわれの企画に手を差し伸べていただいた。ありがとうございます。

読売新聞大阪本社常務取締役編集局長　岸本弘一

# ワキの僧として

山折哲雄

「読売こころ塾」も回を重ねて、こんど、前回に引きつづきその第二弾をおとどけすることになった。

場所はいつも大阪、そばに大阪城がひかえる大槻能楽堂においてである。その大阪城を仰ぎみるたびに、戦国時代のつわものどもの夢の跡が眼前に蘇ってくるけれども、われわれの大槻能楽堂では、むしろ王朝時代の華やかな絵巻物の世界が、姿かたちを変えてくりひろげられてきたような気がする。その舞台にお招きしたシテの方々は、いずれ劣らぬ第一級の舞い手、さまざまな分野で多彩な活動をつづけている魅力的な方々ばかりだった。

そのすぐれたシテの舞い手を舞台の上にお招きするとき、私はいつのまにか、おそれながらワキの僧の役割を演じているような気分になっていた。世阿弥の夢幻能などで、冒頭の場面にあらわれて名乗りをあげる「諸国一見の僧」のことである。それはもともとは、どことも知れない辺境の地から放浪の旅に出てきた遍歴僧、つまりは物乞い僧のことである。

どこそこの田舎の地から出立して、名所旧蹟をたずね歩いているのだと名乗りをあげるのである。春の空であれば桜の樹の下で、秋の季節になっていれば紅葉の散りしく庭の片隅で、めったに逢えぬ貴人と一献かたむけることができないかと胸をときめかしている。邂逅の場所が能楽堂ということになれば、なおのことその思いがつのる。

さて、その能の舞台であるが、諸国一見のワキの僧は、名乗りをあげたあとは舞台を横切り、片隅の柱の下に坐ったまま、それ以後は言葉をほとんどさしはさまない。あとからしずしず登場するシテの姿を仰ぎみて、その舞いぶりに魅入られ、その語りの言葉にじっと耳を澄ましている。ときに合いの手を入れることがないではないが、その役柄の持ち味があくまでも聴き役に徹するところにあることはいうまでもない。

じつのところ私も、そのワキの僧につながる末裔の一人だった。聴き役に徹すべき、いわば柱の下にいつでも坐っている人間のはずだった。しかしそれでは「こころ塾」の塾長の仕事がかならずしもつとまらない。つい、いわでものことを口にして合いの手を入れなければならなかった。それがいつしかこころの重荷になっていたのではないかと思う。が、それにしてもその進行係の役得というか、シテの刺激的な発言にうながされ、思いもかけない対話を楽しんでいるうちに、快い緊張感に引き入れられていったのである。

もちろんシテとワキの僧のあいだで、ときに発語が停滞したり、一瞬の沈黙に追いこまれるようなことがないではない。丁々発止、といってはいけないような場面もある。それはそれで必要な間合いというものがあるわけであるが、それでも心底ひやっとすることがいくどもあった。

そんなとき、間髪を入れず救いの手をさしのべて下さるのが、司会の音田昌子さんである。ポンとひびく、さわやかな小鼓の音である。停滞した流れが軽快なリズムを回復し、一瞬の沈黙がゆるやかな対話へと転がっていく。ワキの僧の役はこの小鼓の先導抜きではつとまらなかったのである。

もう一つ、このわれわれの「こころ塾」の劇場空間が本式の能舞台のそれと異るのが、第二幕において観客との相互交流の場へと転換していくことだった。シテの舞い手とワキの僧の対話が一段落すれば、そのあとは客席の方から矢つぎ早の質問がとんでくる。鋭い言葉、ユーモラスなボディーブローなど、思いもかけない感想や示唆がとどけられる。第一幕の前ジテがこんどは第二幕の後ジテとしてとっておきの話題をくり出す。珍しい本音の片鱗が披露されるのがそんなときだ。

充実したそんな交流の時間が流れ、やがて別れのときがくる。能の舞台であるから、上から降りてくる幕などはない。幕が引かれて舞台と客席が分断されることもない。もちろん終鈴が鳴らされるわけでもない。最後になってきこえてくるのが、音田さんのしめくくりの言葉である。

その発声によって、まずシテが立ち上り、しずかに舞台を去っていく。つづいてワキの僧も立ち上り、先に行くシテの背中をみながらついていく。じっさいの能では、舞台の中央を横切り、橋掛りにかかり、やがて揚幕のかなたへと吸いこまれるように去っていく場面である。とてもその境地の足元にも及ぶものではないが、私の頭の妄想能の中では、そんな光景がすでに宿っている。先きに行くシテの「背中」を見ながら、そのあとをついていくときの気分が何ともこたえられないのである。

このようなまたとない「舞台」を準備し、その運営に心をくだいて下さったすべての方々に、心からの感謝の気持を捧げたいと思う。ありがとうございました。

山折哲雄　こころ塾　Ⅱ

目次

塾長　山折 哲雄
司会　音田 昌子

はじめに　1
ワキの僧として――――山折　哲雄　3
12　文化知れば気持ち分かる
平和守った神仏習合の力　法政大学教授　田中　優子　13
13　カメラ通して社会見つめる
戦地の子　表情が語る〝闇〟　写真家　大石　芳野　27
14　日本の自然　名曲に乗せ
歌い継ぐ鎮魂と無常観　作曲家　船村　徹　41
15　歌い継ぐ美しい日本語
オスカルは働く女性像　劇画家・声楽家　池田理代子　55
16　無常観　心の葛藤和らげ
文学が対立の抑止力に　作家　高樹のぶ子　69

17 「おなかで舞う」が師匠の教え
巡る時の長さ 舞台で表現したい　京舞井上流家元　井上八千代　83

18 ハッピーなとき 結果が出る
人生の再スタートは大阪　スポーツジャーナリスト　増田　明美　97

19 人は生きる力持っている
自然塾、社会の要望実践　㈶小野田自然塾理事長　小野田寛郎　111

20 パリ公演 文化交流努めた
江戸の信仰と密接な芸　歌舞伎俳優　市川團十郎　125

21 短歌 心を整理する回路
孤立無援の抒情は清冽　歌人　道浦母都子　139

22 がん 不確実さと向き合う
毎日繰り返す死と再生　エッセイスト　岸本　葉子　153

12

# 文化知れば気持ち分かる
# 平和守った神仏習合の力

山折哲雄
田中優子

# 田中優子

（たなか・ゆうこ）　法政大学教授・日本近世文化。一九五二年横浜市生まれ。江戸文化全般を学際的に研究し、数々の成果を生み出している。著書に『江戸の想像力』（筑摩書房）、『江戸百夢』（朝日新聞社）、『江戸の恋』（集英社）、『江戸の意気』（編著、求龍堂）など。

## ◆無駄がない
## 日本の伝統的な着物の文化

司会　ゲストは、いつも着物姿がすてきな田中優子さんです。きょうは江戸時代にタイムスリップした気分でお話を聞いていただけたらと思います。

山折　きょうは、私も作務衣を着てきましたが、田中さんは、なぜ着物がお好きになったのか、着物に対する思い入れからお話を伺えればと思います。

田中　実は現実的な理由でした。私は大学院を出てすぐに教師になったんですね。ずうっと学生気分でおりまして、学生運動時代からの続きのようにジーパンをはいて大学に行ったりしていたんです。

山折　それはちょっと想像できませんね。

田中　ところが『江戸の想像力』という本を出してから、講演会やシンポジウム、対談に呼ばれるようになりました。さすがにジーパンではまずいから、スーツを買ったのですが、キャリアウーマンみたいで私に合わない。「そういえば、うちのタンスに何かあったな」と思い出し、祖母や母の着物を着るようになったんです。そのころまだ三十代ですから、かなり地味なんだけれども、帯上げとか帯締めとか工夫すれば十分に着られましたので、それがまたおもしろくて。

◇

山折　着物は世代を超えて着つづけることができる。伝統文化が自然に継承されていくといったような面もありますね。

田中　そうですね。娘に譲るとか、小さい子どもたちに着せる場合には丈を詰めて、肩のところに布をためておき、背が伸びて腕が長くなると布を出していくんですよ。すごく合理的だと思いました。

山折　兄の着物を弟が着て、そのまた弟が着て、最後はいろいろなものに使われていく。

田中優子　山折哲雄

田中　浴衣ならおしめとかぞうきん。絹の着物は縫い直して布団側にもできる。袋物をつくったり、袱紗《ふくさ》にしたり、いろんなものにできますね。とても大事なお茶碗をある方に見せていただいたとき、お茶碗よりも私が関心を持ったのは、箱の四隅のところに入っていたクッションで、絹の着物の生地で縫ってあるんですね。なるほど、こういうふうにも使っていたんだというのがわかりました。本当にいろんなものに変身して、最後は燃やして、灰を畑にまき、養分にしてしまう。

山折　無駄になるものは一つもない。まさに今日のリサイクルと非常に深いかかわりがあるのが着物の文化だったということですね。きょうお召しの着物の材質は何でしょうか。

田中　これは麻です。湿気が多いときには一番いい。

山折　そうですね。この色合いもお好きな色ですか。

◇

田中　私、よく地味だといわれるんですが、関西の方の着物を拝見すると「派手だな」と思うんです。いまだに江戸と上方って随分趣味が違うんだなと思うことがあります。

山折　なるほど、きょうのは江戸風の着物ということですね。

田中　江戸風の色合いですね。江戸でよく使われたのがネズミ色なんです。四十八茶百鼠といいまして、微妙に異なるものがたくさんあります。

山折　私は敗戦の年が旧制中学二年でして、それから四、五年は飢餓時代、お米がないというので、母親と一緒に買い出しに行ったことがあります。母親がタンスから着物を出して、着物とお米を交換に行くのに、くっついて行った記憶がある。そういう時代状況の中で、着物というのはやはり重要なものだったんだと実感しました。

田中　ちょっと前までは、とにかく最後には着物を売れば何とかしのげるという感覚があったと思うんです。特に江戸時代、お嫁入りのときに一揃いの着物を持っていくというのは、着るためだけではなくて、何かのときにお金に換えられるという感覚があったみたいですね。

山折　一種のタンス預金。

田中　まさにタンス預金ですね。今はタンスの肥やしと呼ばれていますが。よく着物を着て外に出るようになりましたら、うれしい効果がありまして、タンスの肥やしをくださる方が出てきたんですよ。もったいないから着てくれないかとおっしゃる年配の方たちが、時々くださるんです。実は、きょう着ているものももらいものなんです。

山折　そうですか。

田中　もらいものを着るのが大好きで、自分で買うより、いいものが着られる。もちろん、いただくだけではなくて安く譲っていただくこともするんですけどね。

◇

司会　大学へも着物で行かれるんですか。

田中　いえ、大学はこの格好で行けないですね。芝生に座るし、教室ではチョークの粉が飛び散っていますし。やはり現実生活にはなかなか向かない。今日は新幹線で来ましたが、座って後ろにもたれると痛いし、帯がつぶれる。背筋をまっすぐにしていないと。

山折　それは私も経験することがあります。たまに着物を着て乗り物に乗ったり、新幹線に乗ったりしますと、自然に姿勢を正すことにつながる。下腹に力が入って呼吸が落ち着いてきます。そういう意味で、着物は生命のリズムを整える役割を果たしているのかもしれません。これはやっぱり日本の、非常に重要な伝統的な文化の一つだと思いますね。

田中　そういえば私も、着物を着ると気分が違います。気持ちの上でも重心が下がってどっしりしてくるという印象がありますね。

田中優子　山折哲雄

## ◆積極的で自由な江戸時代の女性

山折　ところで『江戸の恋』という本を書いておられます。田中さんは、ひょっとすると恋多き女だったのかもしれない。そう思わせるようなおもしろいエピソードを交えながら、江戸時代の恋の姿、愛の姿を描いておられますけれども、ご自身、着物と恋の経験とに、どこかで関係があったんでしょうか。

田中　何という質問なんでしょう（笑）。そうですね。まだ着慣れていなかったときに、じゅばんの襟を逆にしたことがありますが。

山折　逆とは？

田中　合わせるのを逆に着ていたんです。ちょうどデートの約束をしていたわけです。それで舞い上がっていたせいかもしれません。

山折　しかし、ニューファッション、新しい着方としてはおもしろいんじゃないですか。

田中　着物はいろいろルールがうるさくて嫌だとおっしゃる方がいるんですが、失敗しながら覚えていきますね。

山折　この本を拝見すると、江戸時代の女性たちは非常に自由だった。よく離婚するし、仕事にも積極的に出ていっている。従来いわれてきたほど堅苦しい生活ではなかったということがよくわかります。

田中　武家にはいろいろルールがありましたが、庶民は、現代人が思うよりずっと自由。割に離婚、再婚を繰り返してますし、三下り半と言われる書類は誰が必要なのかというと女性の方なんですね。これをもらっておかないと再婚できない。

◇

山折　特に私が驚きましたのは、亭主が女房の持参金に手をつけていた場合、それを返さないうちは離婚できなかったということですね。

田中　姓がある階級とない階級とがありますが、姓がある階級にとっては夫婦は別姓で、別財産制なんですね。しかも持参金というのは必ずあって、それは女性のものなんですよ。自由に見えるのは、女性がお金を持っていたことが一つの理由だと思います。実家からもらったお金もあるし、割に稼いでいるんですね。機織りをしたりして、自分でお金を持っているというのが強みになっている。とくに大阪の商店などでは、お嬢さんが養子をとって店を継ぐことがあるんですよね。そうすると、ほとんど専務のような立場で店を切り回している。働き者の女性が多い。

山折　その点、上方と江戸では同じですか。

田中　やはり上方、特に強いのが大阪の女性ですね。

山折　ここはやっぱり大事なところですね。

田中　大阪の女性を見習わなくちゃいけないと思いますね。

◇

## ◆教育の原点と性の問題

山折　それから教育にかかわる問題ですけれども、子どもが性に目覚めると親たちは笑いあって喜び、自然な成長にまかせたというあたりもおおらかでいいですよね。

田中　幼児死亡率が大変高いので、ちょっと間違えると、この子は死ぬかもしれないと思いながら育てている。そういう世の中ですから、七・五・三というのは、とても大事な行事で、本当にここまで一生懸命育ててきて、ようやく生き延びられるんだという気持ちがこもっています。しかも、ただ健康に育っただけではなくて、性にまで関心を持った。これは健康だという印ですから、喜ばしい。

山折　それが今日、何か性的なものを抑圧するような形に、子どもの教育の仕方が変わってしまったということはありますよね。

田中　そうですね。理由は二つあったと思うんです。一つは、子どもに対して生きる以上のことを求めるようになった。健康に生きてほしいというだけでなく、もっと成績がよくなれとか、社会の秩序におさまるようにとか。もう一つは、やっぱり西欧化じゃないですか。かつての日本に比べると、西洋の文化の方が性に対する抑圧度は高いですから。

山折　やはり教育の原点は、健康な、生きる意欲にあふれた人間にしていくということ。その出発点が、性の問題と非常に深い関係があるということですね。性的な欲望というのは、生きる欲望と切っても切れない関係がある。これはものすごく健康な考え方です。江戸のそういうよき文化を我々の今日の生活にどう取り入れていくのかという問題ですね。

田中　本当にそうだと思いますね。

山折　色好みは、単なるスケベエではなく、生活を粋にするために重要なことだった、とも書いていますね。

◇

田中　そうですね。平安時代から色好みの色とは音曲、つまり音楽が筆頭なんですね。それから文学のことなんですよ。もちろん生活文化全体ですから、どういう調度を使うか、どんな着物を着るか、その全体が色ですので、幅広い意味があった。

山折　洗練された趣味までも含む、そういう美意識ですね。

田中　そうなんですよね。

山折　『源氏物語』の光源氏は多くの女性とつき合うわけですが、それができたのは一人ひとりの女性に対する配慮が非常にこまやかだったから。その全体の心構えを好色というんだという説があります。そうした伝統は江戸まで続いているわけですね。

田中　文化をよく知ることと、相手の気持ちがわかるということは同じ。もう一つ、コミュニケーションするときに、いろんな文学を知っているとか、言葉を知っている、音楽を知ってい

るというのはかなり知的な手段なわけです。おもしろいコミュニケーションができなければ恋愛はできないということで、その全体のことを好色と言っていますね。

山折　何か、どうも現代になって、好色という伝統文化の重要な美意識が狭く限定して解釈され過ぎているような気がします。

◇

## ◆隔てなく巡る神仏の道

山折　話は変わりますが、最近、紀伊半島の吉野・大峰、熊野三山、高野山が世界遺産に登録されました。この地域では江戸時代、伊勢や熊野への参詣道、観音霊場ルートが整備されてくる。これは、当時の文化、民衆のエネルギーを考えるうえで非常に重要なことではないかと思います。

田中　とにかく旅人が多いんです。最初は、参勤交代で道路や宿場町が整備されたのが理由な

田中優子　山折哲雄

んだろうと思っていたんですが、インフラが整備されただけではそんなに旅人は出て行かない。伊勢参詣など、いろんなルートが開発され、旅の仕組みが作られた。神社やお寺の努力は大変なものだったと思います。

山折　そう思いますね。たとえば、東北から関西への旅に出るとなると、まず善光寺へ行きます。それから熱田神宮からお伊勢さんへのルート。これは神の道、神様にお参りする道です。そのあと熊野へ行く。神仏習合の世界。熊野古道をずっと歩いていく。神あり仏ありですね。熊野古道参拝を終えてどこに回るかというと、三十三観音霊場。これは仏の道ですよ。最後に、京都で金閣寺、銀閣寺、清水寺、東西両本願寺を回って帰るわけです。

田中　日本の宗教をすべて回るわけですね。

山折　いろんな神仏の世界を隔てなく巡り歩くところに、江戸時代の平和な雰囲気を感じるんです。とにかく江戸時代二百五十年、戦乱はなく、社会は安定し、秩序は保たれていた。芸術・文化が花開いた。これは世界の歴史の中でも非常に珍しいと思いますね。

◇

田中　江戸時代は、鎖国したので戦争がなかったという人がいるが、私は、戦争をしないようにするため鎖国したんじゃないかと考えています。江戸時代の始まりのころは、東南アジアとかインドとかいろんなところと貿易して、日本人が海外に出ていたんですが、そのうちに渡航禁止令が出て、今度は国内でものづくりするようになる。どうして外へ出てはいけないかというと、戦争の原因になるからなんです。たとえば、朝鮮半島やタイから援軍を頼まれても全部断っているんですね。一切、外に出て戦争をしない。内側でも戦争しない。そのためにどうしたらいいか、かなり本格的に考えている節があります。

山折　まったくその通りで、かなり戦略的に江戸時代の平和は形成されたんだというお話ですね。単に周囲が海に取り囲まれていたからでも、政策的に鎖国をとったからだけでもない。江戸時代二百五十年間の平和を実現できた原因として、私は平安時代の三百五十年が非常に重要だったと思っているんです。地域は限定されますが、長きにわたる王朝政権、貴族政権が存続し、『源氏物語』をはじめとする芸術が栄え、高い水準の文化が次から次へとつくりだされていく。一番大事なのは宗教と国家との関係でバランスがとれていたことだと思う。具体的に言うと神の世界と仏の世界の共存、神仏習合システムです。これが平安時代にできあがっていく。それは鎌倉時代にいったん壊れ、戦乱の世の中になるんですけれども、江戸時代に再び高い水準で回復される。そういう神と仏の平和共存のシステムをつくった江戸時代全体のエネルギーって何だろうといつも考えますね。

田中　なるほど、おっしゃるとおりですね。

◇

## ◆ラブレターは自己表現の真剣勝負

田中　もう一つ、江戸時代に儒教が入ってきたことも大きかったと思うんです。論語は紀元前の中国の戦乱の時代、すさまじい時代に生まれていますから、どうやったら戦争をしないですむかという哲学なんです。そこに、親子関係も含めて人間関係はどうあるべきかという知恵が、エッセンスみたいに詰められている。武士たちが子どものころからみんな暗記している。それがだんだん庶民の中に広がっていった。これはかなり大きいと思いますよ。

山折　同感ですね。人間関係には、夫婦、友人、君臣、親子、さまざまな関係がある。その重層的なネットワークの中で、さまざまな人間関係を大事にしていこうという考え方があったわけですね。ところが、戦後の日本の社会は、友達の水平関係ばかりを強調し、上下、垂直の関係をほとんど無視してきた。江戸時代は、そこの

田中優子　山折哲雄

バランスがとれていたと思う。

田中　水平のお友達関係だけでよくなるんだったら、苦労しませんよね。

山折　やはり教師はきちんと垂直の関係で教えるべきことを教えなきゃいけません。友達関係では具合が悪いわけです。

田中　具合悪いですね。ちょっと反省しなくちゃいけない。

私がおもしろいなと思うのは、江戸時代、寺子屋の教科書は「往来物」という手紙文だったことなんですよ。とにかく、手紙を書けるようにする。文字を書けるようにするということは手紙を書けるようにすること、言葉を覚えることだ。大人になるためには手紙が書けなくちゃだめ。これは人間関係を築けなければ大人になれないということだと思うんですね。もう一つ違うのは、子どもは大人の中でもまれながら育ったということですね。

山折　最後に、『江戸の恋』の話に戻りたいんですけれども、ラブレターはどういうものが効果的かという議論をしていますよね。一番大事なのは自分の気持ちを正直に書くこと、だそうですね。確かにこれは真理です。

田中　そんなにラブレターを書いているわけではないんですけれども、ラブレターというのは自分の気持ちをどう表現すれば一番相手に伝わるか、真剣勝負で考える場。そこに文章の作り方、自分の力が出てくるんじゃないかと思うんです。ラブレターの習慣は、平安時代から始まってます。歌を詠んでラブレターとして使うという文化があって、まさにそれによって歌は発達してきたんじゃないかと思うんですが、言葉について真剣に考えるチャンスがあればあるほど自己表現がちゃんとできるようになると思います。そういう意味でラブレターはもっと書かれていいと思うんですけどね。

◇

司会　いろいろ話が発展しましたが、もうひとつ印象に残っているのは『江戸の意気』に書いておられる話。ご隠居の文化について話していただけたら。

**田中**　江戸時代でおもしろいのは、双六の上がりが隠居だというところ、隠居が目標なんです。隠居というと、そこで終わってしまうような気が今ではするんですが、江戸時代はそこが始まりという気持ちがどこかにあって、できるだけ早く隠居したい。松尾芭蕉が三十代、平賀源内は二十代、井原西鶴も三十代で隠居しています。この人たちの歴史に残った仕事は全部、隠居後の仕事なんですね。まず年齢に関係ない。自分がそうしようと思ったときにできる。お金のあるなしにかかわらず、本当に好きなことができるという夢を隠居に持っているんです。それが人生観としておもしろいなと思うんです。

## ◆色好みの感覚、和歌とともに発達

**質問**　着物の色で利休鼠とはどんな色でしょうか。

**田中**　言葉で表現するのは難しいですね。鼠色に、わずかに緑の要素が入っているといえばいいでしょうか。実際には、茶色に五十いくつ、鼠色に八十いくつかの種類があって、見分けるのが大変です。

**質問**　着物で心がいやされることはありますか。

**田中**　地に足が着いている気持ちがするし、たたむ時も、自然と触れ合っている気がします。大量生産品ではないので愛着がわく。着方も、人それぞれで、自分との対話にもなる。そういうわけで、いやされますね。

◇

**山折**　日本の文化は、座ることが基本になっていますが、私は本当に心を休めたいとき、畳の上に座ります。それに最も適した衣類が着物なんですね。

**質問**　色好みの意味の広さに驚きましたが、いつからそうなのですか。

**田中**　おそらく和歌の発達と一緒だったと思い

田中優子　山折哲雄

ます。『万葉集』あたりで出てきて、『古今集』の時代には、ほぼ確立した。和歌に恋、四季、色彩、音曲が詠まれ、和歌が日本の文化全体に影響を及ぼす中で、色好みの感覚も広がったんだと思います。

**山折**　『源氏物語』では、色好みを「思いくまなき心」だと言っています。行き届かないところがないほど相手の気持ちを配慮するという意味のようですね。

◇

**質問**　時代劇などでよく、小股の切れ上がったいい女という表現が出てきますが、どういうことですか。

**田中**　すらりとして足が長い女性が、すっきりと着こなしている様子のことを言ったようです。近世でも、足を長く、背を高く見せるための努力が行われて、浮世絵などを見ていると気がつきますが、わざと着物のすそが床をひきずるようにしていた。すっきりしているという意味では、「洗い上げているような」という表現もありました。これを一語で表すと、粋になります。

（二〇〇四年七月十一日、大阪・大槻能楽堂）

13

# カメラ通して社会見つめる

# 戦地の子　表情が語る〝闇〟

山折哲雄
大石芳野

# 大石芳野

（おおいし・よしの）　写真家。一九四三年東京都生まれ。世界の紛争地帯、戦地、秘境を歩き、「民族」を活写する。二〇〇一年、『ベトナム　凜と』（講談社）で土門拳賞を受賞。写真集に『アフガニスタン　戦禍を生きぬく』（藤原書店）、『コソボ　破壊の果てに』（講談社）、『子ども戦世のなかで』（藤原書店）など。

## ◆ドキュメンタリー写真の原点
## 人間に対する好奇心

**山折**　きょうは日本を代表する写真家の大石芳野さんをお呼びしております。文字どおりナンバーワンであると同時にオンリーワンの女性カメラマン。命の危険を冒して最前線に行き、戦争の被害を受けた方々の生活ぶり、表情を実に生き生きと撮ってこられた方ですね。

**司会**　写真家になろうと思われた動機、きっかけからお話を聞かせていただけませんか。

**大石**　あえていえば、カメラを通して社会を見つめ、社会と触れ合う人生があってもいいかなと思ったということでしょうか。こういう道もあっていいいな、こういう社会とのふれあいがあってもいいなということです。

**山折**　大石さんは芸術の世界に入ろうとして大学に行かれるわけですけれども、絵画、彫刻、演劇、文学など、さまざまな領域があるなかで、やはり写真だと思うようになる直接の原因はあったのでしょうか。

**大石**　私が子どものころは、大学へ行く女性はそう多くなかった。高校か、せいぜい短大に行ってお嫁さんになるというのが圧倒的に多いコースだったんですけれども、私は社会の中で生きていきたいと思っていたんですね。社会とできるだけ直接的にかかわりたい。そういうなかで、写真、とりわけドキュメンタリー写真はそうした側面をたくさんもっているというのが大きなきっかけです。社会と直接向かい合うことができますから。

◇

**山折**　社会との接点を最も強烈な形で結びつけてくれる。それが写真の世界だった。いま、ドキュメンタリーとおっしゃったけれども、現場に行き、状況をリアルに伝える報道写真の世界にあこがれたということでしょうか。

**大石**　新聞社の方々は、火事とか殺人事件とか、さまざまなときに飛んで行く。ニュース、新しいうちに、オールドにならないうちに伝える。これはすごく大事な仕事です。それが基本なんですけれども、私はそれより、例えば「火事に遭った家族はどうなっただろうか」と、追ってみる、記録しつづけるという方に興味があったんです。人間がそこで変わっていくこともあるし、その重さを引きずりながら、全く一歩も抜け出ることができないで、どんどん落ち込んでしまうというケースもある。たくましく、はい上がっていくこともある。そういうさまざまな人間に関心を持って、「自分だったらどうかな」と照らし合わせながら、かかわっていきたいというのが一番大きな理由ですね。

**山折**　やはり人間に対する好奇心が一番の原点になっているといったお話と承りましたが、大石さんの写真集を拝見して私が思い出すのは、やはり土門拳さんの写真なんですよ。社会との接点を報道することに重点を置いていた方ですけど、その彼方に人間の生活を何とか浮かび上がらせようという、人間に対する尽きせぬ関心、好奇心をいつも感じます。それが女性の世界では大石芳野さんと思っておりました。その一つひとつの写真についてはまた後でうかがいますが、最近、ラオスからお帰りになったばかりなんだそうですね。

**大石**　前から行きたい行きたいと思いながら、なかなか許可されなくて、お預け状態になっていたんです。初めて参りました。二週間ほどです。

◇

**山折**　それで腰を痛められたと聞きました。

**大石**　ちょうど雨期で、ラオスの東北部に行ったら、朝から晩まで土砂降り。限られた時間の中で取材しようと思って、ちょっと無理してしまったんですね。普通なら移動は車なんですが、土砂降りのせいで道が悪く、車で行けないところを歩くというようなことが繰り返しありまして、それでちょっと痛めたかなという感じです。職業病といえるかもしれませんが、だらしのない話です。

**山折**　いやいやとんでもない。大石さんはベトナムといい、ラオスといい、カンボジア、コソボ、そして今度のラオスといい、戦争、紛争がもえたぎっている現場を選んで行っているようなところがあります。しかも、足、食事、あえていえばトイレの問題も含めてたいへん不便、困難な中で仕事をしていかなければならない。なぜ、あえて困難な地域を選ばれるのか、根本の動機みたいなものをあとでゆっくりおうかがいしたいと思いますが、そろそろ写真をスライドで拝見しましょうか。

## ◆悲惨な苦しみの積み重ね　表情で語るアフガンの子ら◇

**司会**　きょうはアフガニスタンの写真を中心に見せていただけるんですね。

**大石**　はい、アフガニスタンの写真から三十枚持ってきました。

（スライド上映）

**山折**　いま拝見しまして、子どもたちの写真が非常に多いですね。これはやはり、カメラが自然に子どもたちに向かうのでしょうか。

**大石**　確かに子どもと女性は多いですね。

**山折**　実は、アフガニスタンとパキスタンの国境地域では二千年前、仏像がつくられているんです。インドの仏教文明とギリシャ、ローマの文明、そして中国文明が出合い、その出合いのなかから、人類救済のためのシンボルといっていいような仏像が生み出された。二千年前はそういう文明の十字路だったところです。それが二千年を経て、戦乱、破壊、侵入、飢餓、砂漠化等々の問題を抱えた地になってしまった。その歴史の悲惨な積み重ね、苦しみの積み重ねが、アフガン地域の子どもたちの表情に深く刻まれているような気がしました。

**大石**　そうですね。子どもたちのあの苦しみを表現するのは非常に難しく、いつも私の力量のなさがつらいんですけれども、子どもたちが抱えている怒りを含めた闇のような気持ちをどうやって伝えたらいいか、いつも考えています。子どもはもともと天真爛漫なものですが、四歳でありながら大人のような表情をしなければならないという環境について、彼らは言葉ではなく表情で語っているんじゃないか。それをどうやって日本人である読者に伝えたらいいかと思って悩みます。

山折　子どもたちの苦しみや悲しみが写真から如実に伝わってきますよ。子どもたちの深いまなざし。やっぱりカメラは人々の内面を、ある意味では非情に、鋭くとらえているということですね。一般にインド、東南アジアの方々の表情は哲学者の風貌に似ているという人が多く、それは、さまざまな困難、苦難、戦乱の被害者であることによってつくりだされた表情だと思いますけれども、もう一つは人類史的なというか、五百年、千年にまたがるような人類の受難を一身に体現しているような子どもたち、大人たちが多いような気がします。その雰囲気を見事に伝えておられる。

私は大石さんの写真を拝見していて、いつも感銘を受けるのは、子どもなら一人ひとりの年が書いてあって、親が殺された、こういう傷を受けたという細かい情報が必ず添えられているんですね。そこまで特定して、その人間と付き合わないと、なかなかできない。これはすごいことだなと思うんですが。

◇

大石　やっぱり私が知りたいから写真を撮っているわけですね。自分から積極的に、たとえばベトナムやアフガニスタンのこういうものが撮りたいと思って出て行きますので、それを具体的にしていくためには、自分の関心に従って、聞きたいことを聞く、知りたいことは探求していくということをやっています。その一つが名前や年齢で、短時間でも長時間でも、なるべく一人ひとりと付き合いたいと思って、やってきています。

## ◆長期取材続け真の国際交流

**山折**　大石さんは、そういうふうにゆったりと付き合い、現地の人々の生活圏にすっぽり包まれながら会話を重ね、長期にわたる取材をつづけておられる。そのうち、お金がなくなったときに帰るのが大石流の生き方なんだそうですね。そしてまた、再び出ていかれるわけでしょう？

**大石**　はい、そうです。

**山折**　毎年、家族構成がわかっているところに行って、また付き合いが始まる。どう成長しただろう、どういう変化があるだろうと、いろんな好奇心がわいてくるわけですね。これが本当の国際交流だという気がするんですけれども、そのへんでいい結果があったとか、たいへん失望して悲しい思いをしたといった経験はありますか。

**大石**　アフガニスタンの子どもたちは、初対面のときは朗らかでよく笑うんです。道を歩いていると、子どもたちが寄ってきて、Ｖサインこそしませんが、「撮って、撮って」と私を取り囲む。本当に元気がいい。戦争が続いているとはとても思えないという感じなんです。でも、しばらくつき合うと、実はそうでもないということがだんだんわかってきて、その明るさと違う側面が見えてくる。最初に受けた印象と、彼らの心の中はだいぶ違うんだと思いました。子どもたちが厳しい表情を浮かべる写真には、そういう時間をかけてたどり着くのです。

◇

**山折**　ベトナムでもコソボでも、危ないと思ったことはいくらでもあるんじゃないですか。

**大石**　後から思うと危なかったなということはあるんですが、運がいいんですね。

**山折**　大石さんには、存在それ自体が相手を安心させるような何かがあるんじゃないですか。

大石芳野　山折哲雄

**大石**　やっぱり運がいいというのが一番大きいと思います。たとえばニューギニアの高地に若いころ行っていましたけれど、私はマラリアになったくらいで、取り返しのつかない風土病のような、本当に大きな病気はしていないし、襲われたこともない。

**山折**　しかし、マラリアだって大変な病気です。やっぱり、キニーネという薬をいつも携行されているわけですね。

**大石**　いつも飲んでましたね。アフリカのときもカンボジア取材のときも。

**山折**　ニューギニアの話が出ましたが、単身乗り込んでいくのは平気でしたか。

**大石**　最初はすごく緊張しました。初めてニューギニアに行ったのは一九七一年で、通訳といっても少年なんですが、いつもお願いしていたのは、新しい村に行くとき、どこかで誰かに会うと必ず、あとから私が行くということをあらかじめ伝えておいてもらう。日本といってわかるかわからないかはともかく、日本から、こういう目的でこういう女が行くから、受け入れてくれるようにということを、最初に出会った人に通訳から頼んでもらうんです。これがおそらくよかったんだろうと思います。私の足は遅いですから、村にたどり着くと、入口に長老みたいな人が待っている。「私は日本というところから来ました」とあいさつして、ホテルはないから居候させてもらうんですけど、それで結構うまくいったかなという気がしますね。

◇

## ◆若者に伝えたい戦争の記憶

**司会**　ニューギニアの後、カンボジアに足を運ばれたのが八〇年代ですね。戦争に関心を持たれる原点になったのは何でしょうか。

**大石**　直接的にはベトナム戦争です。太平洋戦争に関しては戦後、新聞でもラジオでも「尋ね人」というのがあって、すごく怖い、悲しい気

◇

持ちでじいっと兵隊姿の写真を見つめていた記憶があります。同級生にもお父さんを戦争で亡くした人がいたし、傷痍軍人が電車の中でお金をもらって歩いていたり、アコーディオンを弾いて街角に立っていたりする姿が至るところにあったんです。その後、日本は高度経済成長へ向かっていくのに、ベトナム戦争はどんどん激しさを増していく。日本は平和なのに、なぜ、同じアジアの人たちが戦争をしなければならないのか、苦しい子どもたちが生まれなければならないのか。そのギャップが自分の中でどうしてもうまく結びつかなくて胸が痛んだ。それがいまでも尾を引いているという感じです。

山折　戦争、あるいは戦後の記憶を次の世代に伝えていかなければならないというお気持ちもあるのではないですか。

大石　それが一番強いですね。広島の被爆者をずっと撮っているから、広島生まれですかとか親戚がいるんですかとよく聞かれるんですけど、一人もいないんです。沖縄もそう。沖縄戦のこともずっとこだわってきているんですけれども。ただ、私はたまたまそういう状況にないけれど、私がやることによって、まったく関係のない若い世代がやってくれればいいなと思っているんです。戦争は体験した人でないとわからないと言うのでは絶対にいけない。単純な自然災害とは違うわけですから、一人ひとりの意識によって鎮めることもできる。私の写真が、若い人たちの戦争への関心を深めるきっかけになればと考えています。

◇

**山折**　写真集を拝見しておりまして、強烈に感じるのは、廃虚の風景が非常に多いということなんですね。アフガニスタン、コソボ、ベトナム、カンボジア、全部そうだと思います。これだけたじろがずに廃虚を撮りつづけるというのは大変なことだと思います。廃虚と廃虚の間には美しい自然が輝いていたり、山、川、日の出、夕日、そういうものにふっと心がひかれるものだと思うんですけれども、そういった自然が語りかけてくる叙情的な雰囲気を極力禁欲しようという意思を感じるんです。美しい自然の姿がとらえられているものもないわけじゃありませんが、普通の風景写真とはまるで違うという感じがしますね。廃虚にこだわりつづける精神から意志の強さを感じます。

**大石**　もちろん美しいものにもすごくひかれますから、たくさんレンズを向け、シャッターを押しています。ただ、ここはかつて、もっと美しかっただろうという思いがある。政治の暴力で廃虚になってしまったことへの憤り、そこに暮らしていた人たちはどうなったのだろうという疑問、人間の営みが断たれてしまった事実、それが自然災害でなく、人間の意思でそうなってしまったことに、とてもやり切れないものを感じるんです。

**山折**　美しい建物、自然を写し出すより、壊された廃虚そのものの方が歴史を深くたたえている、歴史の記憶を鮮烈にとどめていると思いますね。ギリシャのパルテノン神殿にしてもエルサレムの「嘆きの壁」にしても、廃虚であるが故に人類千年、二千年の苦悩が封じ込められているということはありますよね。ですから、そういう強い意志を感じさせる大石さんの写真にまさに感銘するわけですが、いま、おっしゃった「かつてはさらに美しい自然があったんだよ」という言葉は響きましたね。

## ◆楽しい暮らし壊すのは誰だ

**山折**　私は沖縄を主題にした写真集にも心ひかれるんです。サトウキビ畑の風景も含めて実に美しい自然が写し出されている。同時に沖縄の戦禍、それこそ廃虚の姿を撮っているわけですけれども、これ以上に美しい自然がここにはあったはずだということを思わせるんですね。悲しい美しさといったらいいのか、それが実によく表されていました。沖縄に対するこだわりも、大石さんにとっては広島と同じなんですよね。

**大石**　沖縄は返還の七二年に行ったのが最初です。それ以前はパスポートのほかに身元引受人がいないと沖縄には入れなかったんです。それで、人々と親しくなって、みんなでわいわい泡盛を酌み交したりしていると、だんだんと戦争の話になる。「薩摩はひどい」といった遠い昔のことから、「あの戦争で」ということになり、自分の親がやられたとか親戚がやられたとか、どうしてもそういう話になっていく。

◇

沖縄が返還されてよかったという思いの一方で複雑な思いもあって、ウチナンチュー（沖縄の人）の心の根っこって何だろうと思い始めたんです。一番深いところにあるのは、あの戦争。それを撮ろうと思って、沖縄戦にずっとこだわってきました。サトウキビ畑が続く南部は地形が変わるほど砲弾を撃ち込まれたと言われていて、私の想像を絶することだと思いました。現

大石芳野　山折哲雄

在を生きる人々がいつも心の根っこに抱え持っている沖縄戦と、それ以前からずっとある沖縄の伝統、暮らし、そういうものとの微妙な接点に興味を持って通い続けたんですね。

**山折**　大石さんには、ウチナンチューの人々への深い共感、場合によっては同情の気持ちがたたえられている。虐げられた者へのやむにやまれぬ衝動ですね。これはもう生まれつきのものかなという気もするくらいです。それはコソボやベトナム、アフガニスタンに対する関心すべて共通しているのではないかと思います。

**大石**　どうなんでしょうか。私はいつも、自分だったらどうかなと思うんです。小説を読んでも、映画を見ても、自分だったらと思う。殺されたり刺されたりする夢もよく見る。暗い道を襲われて、一生懸命走るんだけれどなぜか足が動かなくて、そこで目が覚めるような夢も見る。殺す側に立つことはなくて、いつも逃げる側に立っている。もしかしたら、生まれつきというとおかしいけれども、もともと殺す側に立つような素質がないのかもしれません。

**山折**　私はときどき妄想にふけることがあるんですが、もし戦争に行って眼前に敵が現れて、相手を殺さなければ自分が殺されるという場合にどうするか。相手を殺すか、自分を殺す、自殺するか、二つに一つだなと思うんです。ぎりぎりのところで自分はどっちを選択するだろうと思うことがあります。永遠の謎かもしれませんが。

◇

**大石**　ポル・ポトの取材をしながらいつも思ったのは、あれはポル・ポト派だからああなったと言えるのかもしれないけれど、やはり人間のもっている魔性みたいなものがああいうことをさせたのではないかと。そういう感じをとても強く持ちました。なぜ、あんなに大勢を殺すことができたのか。銃でダダダッと殺したわけでなく、ガス室に入れて殺したわけでもなく、一人ひとりの手によって一人ひとり殺されていったわけです。殺した側の精神構造、その奥深くにあるものは、もしかしたら誰もが持っているものじゃないかということをすごく考えさせられました。自分だったらどっちになるかというのはわかりません。

**山折**　そういう深刻な場面に常に立たされながら仕事をつづけてこられたわけですけれど、一方でさきほどもお話があったように、泡盛を飲みながら、時には歌を歌い、踊りを踊りながら取材をし、人間同士の付き合いをする。これもまたもう一面の明るい楽しい世界ですよね。

**大石**　それは楽しいですね。その楽しさがやっぱり私の仕事を支えてくれているし、人々を支えているんですね。どこにも歌や踊り、楽しいことがあって、結婚式があったり、祭りがあったり。これこそが本来の人間の姿だ、楽しい暮らしだと思うと、それを壊すのは誰だと言いたくなってしまいます。

◇

## ◆真実の積み重ねの先にあるもの

**質問**　危険な所でも行ってみようという力を与えてくれるのは、写真家という仕事の面白さからきていると思うのですが。

**大石**　危険イコール面白いと言う人もいるかもしれませんけれども、私の場合、面白いということと伝えたいというのとは少々違うと思います。どうしても自分が知りたいことがあるから行く。それが一番大きい理由でしょうね。現地で少しずつ、私なりに見えてくることを伝えるのが私の役目だと思っています。

**質問**　伝えたいことがうまく伝わらなかったことはありますか。

**大石**　万全を尽くしているつもりでも、なかなか伝わらないことは多いですね。一番それを感じたのはポル・ポト時代の大量虐殺です。カンボジア全土を回りながら、時に見つけた虐殺現場を村人に掘り起こしてもらい、遺骨が出てくるシーンを撮影しました。けれど、なかなか信じてもらえなかった。ベトナム戦争の犠牲者の遺骨を持ってきて、穴を掘って周りに並べただけだなどと言われたりしました。あのときはとてもつらかったですね。

**質問** どのようにして克服されましたか。

**大石** 繰り返しカンボジアに行って、取材して、発表しました。繰り返し繰り返し、です。九〇年くらいから多くの人が行くようになり、九三年に総選挙があってというあたりから、「大量虐殺はうそだろう」という人はほとんどいなくなりましたけれど、八〇年代は結構つらかったですね。私なりに、真実は事実をたくさん積み重ねたその先にあると思っていて、たくさんの事実の積み重ねの作業をやったつもりなんですが、それが伝わり切れない。でも、大量虐殺は事実なんだ、これはどんなに偉い人が否定したとしても、隠すことはできないんだ。そう信じ、自分に言い聞かせてきました。この体験によって私は強くなったと思います。真実はやがてその芽を吹く。これは、仕事をつづけていく中で常に心の片隅に置いておきたいと思っています。

◇

（二〇〇四年十月十一日、大阪・大槻能楽堂）

14

# 日本の自然 名曲に乗せ歌い継ぐ鎮魂と無常観

山折哲雄

船村 徹

# 船村　徹

（ふなむら・とおる）　作曲家・日本作曲家協会最高顧問。五十年を超える作曲家生活の歩みは戦後歌謡史と重なる。一九三二年栃木県生まれ。東洋音楽学校（現東京音大）卒。「別れの一本杉」「王将」「東京だョおっ母さん」「風雪ながれ旅」など約五千曲を作曲。

## ◆戦後日本の名作　友情が生んだ「別れの一本杉」

司会　船村徹さんといえば演歌、演歌といえば船村さんですが、ご自身は演歌ではなく「情歌」という言葉を使っていらっしゃる。情け歌、心の歌。「こころ塾」にぴったりのゲストです。

山折　音楽にはいろんな分野がありますが、全部ひっくるめて日本を代表する第一級の作曲家です。

司会　まず栃木県での少年時代、生い立ちからお話を進めていただきましょうか。

山折　船村さんには敬愛するお兄さんがおいでになって、中学を出て陸軍士官学校に入って軍人になる。将校になり、戦死されるんですけれども、ご自身はどちらかというと自由奔放な生き方をされた。そういう中から、芸術、音楽の世界に入っていったところが非常におもしろい。お兄さんと別の世界にいくということを相当早い時期から自覚していたのか、あるいは音楽が好きで好きでたまらなかったのか。そのへん、いかがでしょうか。

船村　兄は十二歳違いで、とにかくお前は軍人にはなるんじゃないぞ、死ぬのはお兄さんだけでいいんだからと言っていて、ハーモニカもよく吹いてくれました。そういう感化があったんでしょうか。あのころはみんな軍国少年で軍人にあこがれていましたから、なんで軍人になっちゃいけないのかな、おかしいなと思っていたんですが、兄の遺言に忠実に、きわめて風俗的な職業に入りました。

◇

山折　船村さんにはとにかく権威に対して容赦しないというところがありますし、権力に屈するものかという迫力、気概を感じます。日本を戦争に導いていった時代の主張に、子どものころから抵抗感をもっていたのではないか。そういう反逆精神は、船村演歌の世界にも結びついているような気がするんですよ。

船村　徹　山折哲雄

船村　素直だと思ってるんですけどね。時代も時代でしたね。日本が戦に負けて、音楽学校に入ったのが昭和二十四年ですから、東京もまだ瓦礫の山みたいなものでした。学校に通いながら進駐軍のクラブでアルバイトをしてピアノを弾いたり、いろいろやってきました。その学校で茨城県生まれの高野公男という人間と巡り会い、生涯の友になっていくんです。

山折　「別れの一本杉」の作詞家ですね。高野さんとの出会いが非常に大きい、決定的だったということですが、青春の友情を大事にし、あたためて、作曲をし、ずっと歌いつづける。こういう友情のありかたは最近、日本の社会から少しずつ消えつつあるような気がしますね。

（会場に「別れの一本杉」が流れる）

船村　これを作ったのは昭和二十九年くらいだったと思います。みんなの目が復興する東京へ向いているときに、高野が「いまに必ず地方の時代がくる」と言って作った歌です。

山折　私の古里は岩手県の花巻なんですけれども、田舎には古里を象徴するものがあるんですね。この歌に出てくる村はずれのお地蔵さんは古里の象徴です。そういう光景として、歌われているわけですよね。

船村　そうですね。日本の代表的な風景、日本人の心象風景だったんじゃないかと思うんですが、こういう叙情の世界がまたほしいですね。

◇

山折　経済成長、日本列島改造で地方の人々がどんどん都会へ出ていく。働いてお金は入るけれども心の支えがない。そういうときに浮かび上がってくるのが古里の美しい自然です。田んぼにぽつんと立っているお地蔵さんのイメージは日本人の信仰の中から生まれたものだと思います。その情感というか叙情性をすばらしい曲に乗せてお作りになった。これは戦後日本の名作です。

船村　いや、正直に言いますと、ハバネラタンゴというタンゴのリズムに乗っけて作った曲なんです。

山折　おもしろいですね。演歌、日本の歌謡曲というと、伝統音楽とそのままつながっているような錯覚をもっていたんですが、実はそうではない。近代以降のヨーロッパの音楽をいろんな形で取り入れている。それで、先生は成功されたんじゃないかと思いますね。

船村　とにかく、すごいですからね。古賀政男や服部良一……、きら星のような先輩がいるところに潜り込むには破格なものでないとダメだと考えたんです。五七五の定型は崩すけれど、あくまで根底には日本人としての無常観や情感が流れているものにしたいと、高野がいつも口癖のように言っていました。

## ◆第一の弟子は北島三郎さん

山折　やがて音楽学校をやめて作曲の世界に入られる。コロムビアとの関係ができるわけですね。

船村　あの時代は今とまったく違いまして、レコード会社でも映画会社でも専属性がすごくしっかりしていて、我々みたいなのが入っていく隙間がない。そこにようやく穴が開きまして、「別れの一本杉」がヒットしているさなか、高野は胸を病んで入院していたんですが、二人一緒にコロムビアということになりました。それが昭和三十一年の五月一日。なぜかメーデーの日に契約させていただきました。

◇

山折　昭和三十年代にヒット曲をどんどんお作りになって、またたく間に第一線に登場される。古賀さんをはじめ名人たちがきら星のごとく存在しているなかに割り込んでいって、ついにその頂点近くまで上がる。これが昭和三十年代から四十年代でしょうか。

船村　そうですね。大阪の歌「王将」を作ったのが確か昭和三十六年だったと思います。西条八十さんの詩をいただいて。

山折　「王将」を作って、ヨーロッパに留学される。その間にものすごくヒットしたんですね。
船村　デンマークのコペンハーゲンで一軒家を借り、これをベースキャンプにして二年ほど仕事をしていました。その間に「王将」が化けまして、これで西条先生にも顔が立つなあと思った記憶があります。
山折　おもしろいと思うのは、「別れの一本杉」がタンゴのリズムであるというお話がありましたけれども、西条八十さんは早稲田大学の教授でフランス文学が専門、しかもランボーという難しい詩人の研究をやっているんです。「王将」を書いたときにも、「なんでフランス文学者が」と相当批判されたんですよね。一見古めかしい言葉が並んでいるわけですが、やっぱり東と西の文化を考えに入れて創作しようとしていたんだと思います。船村さんにとっても、二年間のヨーロッパ体験はその後の仕事に大きな影響を与えているんじゃないかという気がするんですが、これからの研究課題ですね、これは。

（会場に「男の友情」と「王将」が流れる）

船村　西条先生から詞をいただいたときに、「吹けば飛ぶような」とあったもんですから、実際、やってみたら本当に飛ぶんですよ。改めて、なるほど、すごいなと思いました。この詞をポケットに入れて郷里の日光に帰り、そこで一気に書いたんですが、東京へ帰るときに宇都宮へ寄りましたら、知り合いが「競輪場ができたからのぞいてみないか」という。そろそろ決勝だというときにジャンが入りますね。ガンガンガンと。あー、これだと思って、レコーディングするときにドラを入れたんです。勝負の歌だと思いましてね。そんな思い出もあります。
山折　やっぱりそういうお話は直接うかがわないとわからないですね。こうして、「別れの一本杉」「王将」等々のヒット作をどんどん作り、第一級の作曲家になっていかれるわけですが、船村さんを慕って全国から弟子入り希望者がや

◇

ってくる。作曲家・船村徹が、教育者・船村徹の顔を見せるようになるんですね。その教育の仕方がまたすごい。まず第一の弟子は北島三郎さんでしょうかね。

船村　そうですね。あれはお陰さまで頑張ってますが、名前をつけるのが一番大変です。出身が北海道だから北島。ちょうど「三」の字が空いていたから「三郎」でいいと。それからずっとあとに来たのが鳥羽一郎。生まれが志摩半島の鳥羽で、「一郎」が空いていたのでそう名付けたんです。どちらも売れたからよかったんですけれども。

山折　内弟子をとるとか書生を置くとか、そういう文化、世界がかつてあったんですね。そこで技術、知識、人間性そのものを伝授していく。問題がなかったわけじゃないかもしれないけれど、黄金のような遺産がたくさんあったと思うんですよ。それをいまだにやっておられるわけですね。

◇

## ◆受刑者におくる歌「希望《のぞみ》」で演歌巡礼

山折　弟子を育てる苦難と情熱の中から船村演歌が作られたということですが、もう一つ教育者としての側面があって、日本全国の刑務所を訪ね、社会福祉的な活動を長くおやりになっている。演歌巡礼というふうに称しておられますけれども、その経験を話していただければ。

船村　栃木に女子刑務所がありまして、これはなかなか名門というか歴史のあるところで、ちょうど昭和三十年の後半ぐらいからお付き合いを始めました。そのうちに全国展開するようになって方々歩いているんですけども。なぜ女子刑務所を重点にやっているかというと、子どもは、父親が早く亡くなっても、母親がいればしっかり育っていくんですね。ですから、もう一度やり直して、いい奥さん、いいお母さんになって出直したらどうですかという気持ちを込めて、ずうっとやってきたんです。そのうちに今度は男の方もということで、男子刑務所でもやっているんですが。

山折　特に受刑者の方々のために「希望《のぞみ》」という曲をお作りになっていますよね。これがいい曲ですね。

船村　ありがとうございます。やっぱり作詞家に頼みますと、いくら親しくてもただというわけにはいきませんので、詞も全部私がつくりました。

司会　一節、聞かせていただけませんか。

船村（無伴奏で）「ここから出たら　母に会いたい　同じ部屋で　眠ってみたい　そして泣くだけ泣いて　ごめんねと思い切りすがってみたい」。これが一番ですね。「ここから出たら　旅に行きたい　坊やを連れて　汽車に乗りたい　そして静かな宿で　ごめんねと思い切り抱いてあげたい」というような詞です。

山折　その歌を歌っているときの光景を、船村さん自身が非常に美しい文章でお書きになっている。それによりますと、この歌をギターの伴奏で歌い始めると、一座がシーンとなって、みなさんが涙を流し泣き始めるというんですね。歌詞に込められた痛切さが、受刑者の方々の心にすーっと染み通っていく。その情景が実によくわかるんです。これは日本人の叙情性の根本だと思いますね。深い叙情性が親と子のきずなをあらためて認識させる。これは歌の力ですよね。

◇

あえて比較するわけじゃありませんが、例えばヨーロッパのクラシック音楽にこれだけの力があるだろうか。私もクラシックは好きですけれども、我々の心の底をつかむ力を持った歌がどれだけあるだろうかと考えたら、例えば船村演歌に流れている歌の力強さをもっと評価してもいいのではないか。必ずしも社会はそうなっていないところがありますよね。

船村さんがしばしば言ったり書いたりしていますが、演歌はまだ日本の国立劇場では上演されていない。クラシックやオペラは上演しているけれども、最も日本人の民衆の心に響く演歌の世界が国立劇場で上演されないというのは、やっぱりおかしいのではないか。この辺のところを考え直していかないと、今日の日本社会におけるさまざまな問題は解決できないのではないかという気がしますね。

## ◆美空ひばりさんとの不思議な縁

司会　船村先生は「演歌は日本人の血液だ」というようなことも言っておられますね。

船村　いや、音楽学校で勉強するのはベートーベン、シューベルト、モーツァルト、それこそクラシックばかりですから。ある日、高野に懇々と言われたんです。「こんなことばっかりやっていたら駄目だ。今、焼け跡を復興している人たちのためになる歌が本当の音楽なんだ」と。それで自分でも考えました。ベートーベンもモーツァルトもシューベルトもすごい。だけども、あの人たちに古賀政男の「酒は涙か溜息か」や「影を慕いて」、服部良一の「東京ブギウギ」が書けるだろうか。「よし、あいつらに書けないものをやってやる」というような感じで、こっちへ入っちゃったんですね。

司会　演歌の中でも特に山折先生のお好きな美空ひばりさんの歌を、船村先生も五十曲ぐらい作っておられる。

船村　昭和三十一年に会いまして、そこからのお付き合いです。ちょうど昨日が命日だったそうですけど。

司会　今年（二〇〇五年）が十七回忌。不思議なご縁ですね。

船村　本当ですね。お母さんとはもういろいろありました。一番ひどかったのは「哀愁波止場」です。時効だから言いますけど、ひばりちゃんは、それまで誰も気づかなかったんですが、裏声がいいんですね。これを生かしてやろうと思

◇

◇

っているところに、石本美由起さんの詞が来たので、高いところから「ふーん、らららららら」と始まる曲にしたんです。本人は最高に乗って歌っている。ところが、レコーディングが終わると、お母さんが「何でうちのお嬢に風邪をひいたような声を出させるのか」と言うんです。「いや風邪じゃなくて、お嬢さんは非常に裏声がきれいなので」と言っても、「やめてちょうだい」と言って聞かない。でも、会社には「絶対いけるから売り出してよ」と言って発売したんです。そしたら、レコード大賞ができて初めての最優秀歌唱賞ですよ。「これはおれの勝ちだ」と思いましたね。

司会　曲は違うんですが、ひばりさん晩年の「みだれ髪」を。これもすばらしい歌です。

（会場に「みだれ髪」が流れる）

山折　いやー、名曲ですね。私、（歌詞に出てくる）福島の塩屋岬に行ったことありますよ。

船村　そうですか。

山折　もう五年ぐらい前ですけれども、一種の巡礼地になっていて、百万人以上の観光客が来ると言っていました。歌碑があり、近くに行くと、「みだれ髪」が流れてくるんです。歌碑におさい銭が上がっていました。ひばりさんはひばり菩薩《ぼさつ》になっているんですね。

船村　全くそうですね。あとで、「みだれ髪」のレコーディング場面をビデオで見ましたら、いつものひばりさんと全然違う。何というのか、心が天国の方へもう行ってしまっていたんだなと思いました。そのときは、歌い手というより、自分の妹というか、病み上がりの身内というか、そんな気持ちで仕事をしていたような感じがするんですね。

## ◆自分の一生は供養の一生

山折　船村さんが美空ひばりさんのために作られた曲のなかで、苦心した部分を彼女が間違えて歌ったことがありますね。ここは作曲家と歌い手の闘いみたいなものでしょうか。

船村　「みだれ髪」ですね、それは。「投げて届かぬ（下がり気味に歌う）」と「投げて届かぬ（上がり気味）」、どちらがいいか随分悩みまして、結局、音程が高い方の「かぬ」を譜面に書いて彼女に渡したんです。ところがレコーディングの当日、ピアノの前でおさらいしてみたら、彼女は、私がどうしようかと悩んでいた低い方、つまり今、歌っている方を歌うわけです。そばに一緒にいて歌を作っていたのであれば別ですけど、私は栃木の仕事場で作っていて、彼女はほかのところにいたわけですから、これは不思議でした。しようがないから、「これは写譜屋が間違ったんだ。すいません」とごまかして、譜面を低い方に直したんです。

山折　それを船村さんの文章で読んだとき、思い出したことがあるんです。「悲しい酒」にまつわる古賀政男さんとひばりさんの関係です。

船村　徹　山折哲雄

あれは、最初はたしかもっと速いテンポの歌だったようですね。ところが、ひばりさんは譜面を読んで、「この歌は絶対にゆっくり歌わなければいけない」と主張し、それで現在のゆっくりしたテンポになったというんです。古賀政男さんが最初に考えた曲とは随分違っているわけですね。闘っている。そして、妥協しなかった。古賀政男の次は船村徹と闘ったことになるのかなと思って、読みました。

**船村**　実は「悲しい酒」は、私のところで早くに亡くなった低音歌手の北見沢惇君が最初にもらった歌なんです。北見沢が歌っている「悲しい酒」はテンポが速いんですよ。もちろんそんなことは、ひばり親子には伏せて、古賀政男の書き下ろしのようにして歌ったのが、ひばりちゃんの「悲しい酒」なんですね。

**山折**　なかなかおもしろい秘話をありがとうございました。最後に、船村さんの歌の世界とは一体何だろうということを話題にしてみたいんです。そこで中山晋平や古賀政男を思い出すんですが、私なりの言い方では、晋平節、中山晋平さんの世界にはどこか浪曲調、浪花節的なところがある。それに対して古賀メロディーは西洋世界の音楽を取り入れているところもあるでしょう。船村演歌が晋平節や古賀メロディーと違うところは一体何か。これは二つあると思うんです。

一つは鎮魂の歌だということです。霊鎮めというか、戦争で亡くなった方の魂を鎮める。人生に失敗し、多くの悩み、苦しみ、悲しみを抱えた人の気持ちを鎮める。船村演歌の一つの柱は鎮魂の機能だと思います。これは非常に大事なところで、『古今集』『万葉集』までさかのぼる伝統ですよ。謡曲や浄瑠璃の世界も全部霊鎮めの世界だと思います。「演歌は血液だ」と言っていますが、まさに日本文化の血液だという感じがしますね。

もう一つは無常観です。この世で永遠なるも

◇

のは一つもない。形あるものは必ず滅する。人は生きて死んでいく。日本人の心の根底に流れる無常観を切々と歌い継ぎ、一番心に染みるのは船村さんの演歌ですね。鎮魂と無常観。これで船村演歌を定義できないでしょうか。

**船村**　考えてみると、自分の一生は供養の一生だったような気がするんですね。兄が戦死した。戦後は、高野公男という詩人と知り合い、焼け跡の中をさまよって、やっと「別れの一本杉」が大ヒットしているさなかに、二十六歳で世を去ってしまった。その後ずっと私は高野を背中にしょって、照る日も曇る日もさまよって歩いている。それで、私なりの未熟な才能を燃焼させてきた気がします。

**司会**　これは鎮魂に当たるのか無常観に当たるのか、題名がそっくり船村さんの作曲家生活に当たる北島三郎さんの「風雪ながれ旅」を最後に流していただきたいと思います。

（会場に「風雪ながれ旅」が流れる）

◇

## ◆相棒と出会わなかったら今の私はない

**質問**　特に曲を乗せるのが難しかった詞はありますか。

**船村**　私は草むしりをしたり、魚釣りに行ったり、一杯飲んだりしながら作ります。パーッと出てきたものを後で整理して、というタイプですから、みんな難しくて、みんなやさしいような感じがします。

**質問**　最近、いろんな事件が起きています。もう一度、みんなが力を出せるような曲を作ってください。

**船村**　日本人にはオギャーと生まれたときから、日本人の情感、叙情性があるんですね。それが最近、失われているのは残念です。「夕焼けだな」とか「カラスが鳴いているから帰らなくちゃ」とか、単純なことなんですけど。

**質問**　高野公男さんとの出会いがなければ、どういう仕事をされていましたか。

船村　大学を出て、学校の音楽の先生でしょうか。この年になって本当に不思議に感じるのですが、まるで誰かが台本を書き、それを演じているような感じで高野と巡り合っているんですね。彼と八年間、寝食を共にした。それだけのことなんですけれども、一年に一回くらい、意味もなく泣ける晩があるんですよ。相棒が何か話しかけてきているようで。それがずっと続いています。人間は出会いが大事です。高野がいなかったら、今の私はないと思いますね。

山折　音楽でも文学でもその他の作品でも、名作が生まれる背後には、人と人との決定的な出会いがあると思います。深い出会いがあって初めて、いい作品が生まれる。深い出会いを招き寄せるためには、それを望む渇くような心がこちらにないといけない。出会いたいという渇きの気持ちが深ければ深いほど、出会いは非常に深いものになる。そういう体験がないところに名作は生まれない。求める心といったらいいんでしょうか。人恋しい心といったらいいんでしょうか。孤独になったり寂しくなったりという繰り返しの中で、やっと出会えたという瞬間がありますよね。出会いの輝きの瞬間を持たない人は一人もいないと思うんです。そんな感想を持ちました。

◇

（二〇〇五年六月二十五日、大阪・大槻能楽堂）

15

# 歌い継ぐ美しい日本語
# オスカルは働く女性像

山折哲雄
池田理代子

# 池田理代子

（いけだ・りよこ）　劇画家・声楽家。一九四七年大阪市生まれ。東京教育大在学中に漫画家デビュー。『ベルサイユのばら』（集英社文庫）のほか『女帝エカテリーナ』（中公文庫）、『オルフェウスの窓』（集英社文庫）など歴史を題材にした作品が多数ある。『ベルばら』ブームは七〇年代の大きな社会現象となった。

## ◆四十五歳から猛勉強して音大へ

司会　池田理代子さんは劇画家で声楽家という二つのすばらしい才能をお持ちで、すてきなパートナーにも恵まれている。中高年女性の希望の星のような存在です。

山折　劇画家として大成功を収めた方がやがて声楽家を志して大転身を図る。ドラマチックな人生の一端をうかがいながら、心の世界を逍遥してみたいと思っています。まず、どういう経緯で転身を図ることになったのでしょう。

池田　そのためにはまず、漫画家になった経緯からお話をしないといけないんですが、きっかけは東京教育大（現筑波大）の学園紛争なんですね。当時、筑波へ移転するため、たいへんな紛争のただ中にあり、学生運動の黄金時代でもありました。大人や社会を批判したい年ごろですが、ふと思い当たったんです。親のすねをかじりながらではおかしいのではないか。経済的に自立しなければいけないのではないか。それで自分で食べていこうと、喫茶店のウエートレス、家庭教師、工員、いろんな仕事をしました。そういうなかで、実は私は人見知りの激しい人間なので、なるたけ人前に出なくて済む仕事はと考えて選んだのが漫画家だったんです。なりたくてなりたくてという思いでついた仕事ではない。それでも、三十年近くつづけていたんですが、四十歳くらいになり、このまま一生を終えていいんだろうか、ほかにやりたいことがあったんじゃないかと立ち止まって考えた結果が、音楽をやることだったという事情です。学園紛争はある意味で生き方の大きな方向性をつけてくれたと思っています。

◇

山折　学園紛争が一人の自立的な女性を誕生させたということですね。ただ、不思議に思うのは、漫画、コミックの世界で成功した女性が音楽の世界を選び、しかも趣味でなく、専門家になろうとした。そこはちょっと普通の人間とは

池田理代子　山折哲雄

違うんですね。

池田　実は音楽も大変好きで、幼稚園のころに人生で一番最初に手にした楽器はお琴なんです。それから小学校に上がるか上がらないかでピアノをし、将来は音大にという気持ちを持ったまま、ずっと音楽と離れない生活を続けていた。私のなかで漫画と音楽はかなり大きな比率をもって並び立つものだったんですね。成功を得てとおっしゃいましたが、成功とか社会的評価というのは結果であって、そのために仕事をするわけではないと思うんです。結果が得られなくても、たぶん同じだったと思います。

山折　人々の関心をひきつける、人々の心に届く表現の世界はたくさんありますが、視覚と聴覚の世界を選び取ったというのは戦略的な意味があったのではないですか。

池田　子どものころから空想癖があり、物語を作るのが大好きでした。授業中もちょっと窓の外を見ると、いろんな物語の世界に入ってしまう。たまたま漫画という手段で物語を作るという欲求を満たした訳ですが、本当は文章を書きたかった。中学生のころから小説を書きつづけ、いろんなところに応募していました。あいにく認められなかったため漫画を選んだということで、戦略的な意味はあまりありません。

山折　東京音大受験を決意し、そのために猛烈な受験勉強をされる。これもちょっと常人の域を超えているという感じがしますね。

◇

池田　たぶん私は、受験勉強が好きなんですね。やれば必ず結果が出ることが好きなので。もちろん若いときにも受験勉強しているわけですが、四十五歳から二年間、人生であれほど勉強したことはありませんでした。

山折　ソプラノ歌手になるためには体も鍛えないといけない。

池田　受験勉強を始めてから今までに二十キロ体重を増やしました。世間ではダイエットに血まなこになっているというのに、食べても太らない体質で、泣きながら食べました。あるとき思い至ったのは、そうだ、お相撲さんと同じことをすればいいと。食べて寝る。これはよく効きました。

## ◆声楽家になったのは古き美しき日本語の歌残すため

山折　四十七歳で声楽家を志す。四十代、五十代で声を美しく、清く、張りのあるものに出来るのかという疑問は持ちませんでしたか。

池田　持ちました。いろいろ悩み、専門家にも聞きました。年とともに目、耳、歯、いろいろ衰えるなかで、声帯だけは最後まで衰えない器官だそうです。衰えるのは一番最後。きちんと鍛えてあれば声は死ぬまで出るんです。

山折　それはいいことをうかがいました。声帯はそれだけ強い、しっかりしているということですね。声楽家としていろんな歌を歌われていますが、ヨーロッパの歌と同時に日本の歌もお歌いになるんですね。

池田　音楽大学にまで行こうと決心したのは、もうひとつには、音楽の教科書から美しい日本語の古い歌がどんどん消えていると聞いたことなんです。「荒城の月」まで削られるという騒ぎがありましたが、子どもたちに古きよき美しき日本語の歌を残さなきゃいけない。そのためには、私のような、子どもに読んでもらうものを仕事にしている者が歌うと説得力があるのではないか。でも素人の歌では失礼だから専門家になろう、プロになろうというのが直接のきっかけなんです。

◇

山折　明治以降、長い間、西洋音楽一辺倒というところがありましたよね。子守歌やわらべ歌は最近の子どもたちに歌われなくなってしまった。教科書もそれを反映しているような、非常にゆゆしき状況だと思います。

池田　そうなんです。なぜ、教科書から古い日本語の美しい歌を削るのか。その論拠は、「燈《とも》火《び》ちかく衣《きぬ》縫う母は」という歌がありますが、今の子どもたちにはその情景が思い浮かばない、そういう情景そのものが消えているから教えてもしようがないからだという。でも、知らないことだから教えなくていいっていうんなら、歴史も何も教える意味がない。知らないことを教えるのが教育だと思うんです。頭の柔らかいうちに頭の中に染み込むように教えるのが正しい教育だと思っています。

山折　世界や日本の歴史を漫画で表現しながら、世界の歌、日本の歌を子どもたちに歌って聞かせて生涯を送る。理想的ですね。こういう人生は。

池田　一昨年、日本の歌で、初めて念願のＣＤを出させていただきました。まだまだ未熟で申し訳ないんですが。ただ、日本の歌でコンサートをすると、来てくださるのはほとんど年配の方。コンサートの方式を変えて、一人必ず子どもを連れてこないといけないとか、お子さんの分は無料になるとか、そういうふうにして聞いていただこうかと考えているところです。

山折　確かに、子どもとお母さんに一緒に聞いて楽しんでもらうチャンスは少ないですね。

池田　クラシックでは未就学児童は中に入れないというコンセプトがあったんですが、私の日本の歌に関しては主催者のご理解をいただいて、小学生、中学生くらいまで無料かそれに近い料金でやれるといいなと思っています。

司会　池田さんは西洋の音楽というイメージがあったんですけど、お話を聞いて、すごく日本的な心をもってらっしゃるなと感じました。親子コンサート、実現していただきたいですね。

◇

## ◆劇画家としてスタート
## 『ベルばら』は大ベストセラーに

司会　そろそろ、『ベルサイユのばら』の話に移りたいのですが、単行本は千五百万部というベストセラーになり、舞台化された宝塚歌劇では観客動員数延べ三百五十万人以上と聞いています。少し映像を見ていただきましょう。

（劇画『ベルサイユのばら』を会場のスクリーンに映写）

司会　もともと『マリー・アントワネット』のことを書きたいと思われたんですね。

池田　高校時代にシュテファン・ツバイクの伝記『マリー・アントワネット』を読み、自分でも書いてみようと思ったんです。まだ漫画とは決めてなくて、文章でもなんでもドラマにしたいというふうに思いました。当時から『ベルサイユのばら』というタイトルだけは決めていたんです。

山折　そこにオスカルという男装の麗人を創造されたのが決定的でしたね。

池田　いろいろ考えまして、書く以上は読んでもらわなきゃいけない、途中で連載を打ち切られたらたいへんだと思って、子どもたちの関心をひくような架空の人物をいろいろ設定しようと。中でもオスカルは絶対、人々の心を虜にする存在になると自信を持って描きました。

山折　ああいう男装の麗人はまさに宝塚そのものです。そこまでお考えになった？

池田　母もおばも宝塚ファンだったんですが、私は一度も見たことがなかったんです。宝塚で上演したいというお話があって、初めて見せていただいたときに、あー、ほんとだと思いました。

◇

山折　オスカルという人物を創造された背後に、日本人固有の心のありかたが関係していますか。

池田　日本人固有の心のありかたかどうかはわからないんですが、働く女性が日本の社会で置かれている立場は反映していますね。三十数年前、女が男と伍して仕事をすることを、社会は決して当たり前と認めてくれなかった。私の母は専業主婦でしたが、本当はキャリアウーマンになりたかったんですね。結果として専業主婦として四人の子どもを育てましたけれども、「これからは女の人も職をもって自分で食べていかなければならない世の中なのよ」と、しょっちゅう言い聞かされていましたので、自分の人生は自分で決め、責任を持って生きていくということを当たり前のように思っていました。

山折　それは池田さんのリアリズムの側面で、もう一つ、物語を作ることに関してはロマンティシズムの世界があるだろうと思うんです。それがまさに『ベルばら』の世界、革命と恋じゃありませんか。池田さんにおける革命と恋はいかなるものか。

池田　人間というのは恋をして生きていくもので、社会的存在として生きると同時に、男と女として生きる側面があると思うんですね。ですから、フランス革命を取り上げてはいるんですが、そこにごくありきたりの人間の人生を描くんだという気持ちでおりました。ただ、オスカルは、自分の意思によらずに男として生きることを強制されるわけで、その中で彼女の恋はどんなものになるんだろうと考えていくのはとても楽しかったですね。

◇

## ◆「いかに死ぬか」は「いかに生きるか」と同じこと

山折　話は尽きませんが、ほかにもいろいろうかがいたいことがありまして。池田さんはカトリックの信者ですね。この辺はどんなお考えで。

池田　小学校に上がったときから、母に強制され、日曜学校に通っておりました。にもかかわらず、まじめな性格ですので、「神の啓示がありません」と言って、洗礼を受けることを拒んでいた。最終的に五十を過ぎて、洗礼を受けさせていただきました。

山折　日本人は、仏教、神道、キリスト教、厳密に信仰のありかたがどうのといって信仰しているわけではない。その辺は非常に融通無碍というか、神仏和合の伝統もあるわけです。そういう感じはおもちになりませんでしたか。

池田　確かに、例えば今日、私が持っているバッグには、神社のお守りが入っています。でも、割と融通の利かないまじめなところがありまして、本当に悩みに悩んでやっとたどり着いたという感じですね。

山折　パリ郊外の教会に、ルイ十六世とマリー・アントワネットのお墓があります。ああいう姿を見ると、我々のお墓信仰とそう変わりがないなという感じがするんですが、いかがでしょうか。

池田　そうですね。たぶんこれは生き残った人、生きている人間の心のありかたの問題だろうと思います。死んだ後のことなんかどうでもいいとおっしゃる方もいらっしゃると思うんですが、私はお墓をちゃんと決めておかないと死んでも死にきれない。実は奈良の父の田舎にお寺があって、もうつくってあるんです。「カトリックなんですけど、いいんでしょうか」と言ったら、「いいんです」と。で、ひょいと見ましたら、ご住職の部屋にローマ法王と握手をしている写真があって、「あぁ、いいんだ」と思って。お墓というものに対する人間の執着というのはそうそう消えるものではないと思いますが、これからはそのように、いいじゃないか、何教でもという時代も来るのかなと思います。

◇

山折　ほんとにそうですね。カトリック自体が諸宗教融和、諸宗教対話の時代が来たといって、いろいろな試みをしておりますしね。

池田　そうですね。

山折　カトリック圏で旅をしていると、マリア崇拝が非常に盛んですよね。あれは、わが国においては、まさに観音信仰だと思います。

池田　例えば、仏像一つとっても、インド、中国、韓国、日本、それぞれその地域の人の顔をしているんですね。宗教というのは精神の、心

池田理代子　山折哲雄

◇

のよすがであって、それを形にしたときには随分といろいろ変わったものになるんだということを納得させられます。

司会　先ほどの洗礼の話、お墓の話、いずれも五十歳ぐらいを一つの契機とされていたようですが。

池田　そうですね。それまではいかに生きるかを考えてきたのに、五十を過ぎたあたりから、いかに死ぬかを考えるようになりました。でも、いかに死ぬかは、突き詰めればいかに生きるかと全く同じなんだという、ごく当たり前のことに思い当たったんです。赤ちゃんとして生まれ、子どもになって、青年時代を送り、その都度、人間は悩む。でも、どうやって生きようかと思っていること自体が、どうやって死のうかと思っていることなんだと。

山折　死に対する考え方は五十代、六十代、七十代で共通しているところもあるんですけど、やっぱり多少変わってきているという感じはあります。恐怖感が増大してきたかというと、必ずしもそうじゃない。五十代ぐらいが一番死に対する恐怖、不安感は強かったなと、いまにして思います。じゃ七十になって、そこから自由になるかというと、もちろんそうじゃない。そうじゃありませんが、年代によって多少、受け止め方、考え方に違いがあるとは思いますね。

池田　私は、ある意味、楽になりたくて洗礼を受けたようなところもあるんです。

山折　なるほどね。

池田　もういいと。何があっても、自分の身に何が起こっても、それは神のおぼしめしであると。実は、五十一歳で洗礼を受けるまでずっと受けてこなかった理由の一つは、そんなに早く楽になっちゃいけないという思いがあったことなんです。ズタズタに苦しみ、いろいろなことにまみれて生き、その先でこの神と思い定めたものに帰依しようと思っていたんです。

山折　それがキリスト教のすごいところですよね。神のおぼしめしだというところが。

◇

## ◆人のために生きる充実感は生きる力

山折　仏教の世界は、むしろ死を恐れる文化をつくり出してきたかもしれません。おそらく昭和二十年ぐらいまで人生五十年の人生観がずっと続いている。働きづめに働いて、気がついたら五十。死がすぐそこに迫っている。そこで、死生観という言葉が出てきたと思います。ところがどうでしょう。この二十、三十年のうちにいつの間にか我々の社会は高齢化社会を迎えて、人生八十年です。働きづめに働いて、さてと思うときは定年で、その先に二十年、三十年の時間が横たわっている。生老病死がゆっくり近づいてくる。

池田　そうなんですよね。ほんとに。

山折　それをゆっくり見つめざるを得ない二十年、三十年になって、これがかえって生きることの不安を高めているかもしれない。ところが、他面では、お釈迦さんの人生が八十年なんです。お釈迦さんの人生を考えることが、この高齢化社会を考える上で参考になるかもしれない。人生五十年に基づく死生観という言葉が古びてしまって、今や生老病死観という新しい人生観が必要になっているような気がします。

池田　ほとんどの人々にとっては、いまだかつて先例のない時代がやってきているわけですよね。若いころあれだけ悩んだのに、もう一回悩み直さなくてはいけないという大変つらい状況じゃないかと思うんですけど。

山折　なるほど、悩み直すということですね。あるいは苦しみ直す。悩みとか、苦しみの質が変わっていくでしょうね。

池田　そうですね。若いときには、例えば体を鍛えて、もっと強いものになれる。ところが五十からはせいぜいが現状維持であると。でもやっぱり確実に衰えていっている。そういう新たな状況の中で、どうやって新たな生きるよすがを見つけ出し、新たな哲学を見いだしていくのか、大問題ではないかと思っているんです。

山折　そう思いますね。哲学科をお出になられただけあって、だんだんその世界に近づかれているような感じですね。

池田　定年退職という年齢設定の仕方は、これから無意味なものになっていくと思います。

◇

ワークシェアリングで、いろんな年齢の方がいろんな形で会社の仕事に参画するようなやり方を考えないといけないと思うんです。第二の人生の生き方は、みんなが必然的に考えなきゃいけないことで、いつも申し上げているのは、絶対おまけの人生ではないということ。例えば、伊能忠敬が日本地図を作る仕事を始めたのは五十を過ぎてからです。第二の人生はおまけではない。にもかかわらず、腹をくくって思い切ったことがやれるという利点があるんです。駄目でもともという、すごくいい人生だと考えられるんじゃないでしょうか。

山折　これは池田さんがお書きになっていることですが、五十ぐらいまでは絵を描き、音楽の世界に遊び、自分のやりたいことをやって来た と。しかし、この年になって最大の喜びは、他人に喜んでもらうことだといっておられる。結婚してご主人のお母さまの面倒を見る。介護をされる。感謝される存在になって、これは自分の人生の最大の喜びであると書いておられます。あれに感動しました。

池田　いや、そんなに言っていただくほどのこともできなかったんです。四十七歳で結婚するにあたって、すごく切実に思ったのは、それまで十五年間ずっと一人で働いてきて、誰のためでもなく仕事をしているというのは、すごくむなしいなということなんです。とにかく結婚したい。夫のために尽くしたい。できれば、夫の親のためにも尽くしたい。人のために生きるという充実感を味わいたいと、切実に思いましたね。

山折　ほんとにそれは思いますね。人に喜んでもらえることをする。これはやっぱり、夢、希望、生きる力になるものだという気がしますね。私なんかできませんけれども。

池田　いや、何をおっしゃいますか。

山折　これからはどうでしょうか。漫画の世界、音楽の世界を両手に持って、それで五十の坂を越えて、新しい老いの世界に入っていく。それを喜びや楽しみのある世界にしたいとおっしゃる。具体的にどんなお仕事をしたいと思っておられますか。

◇

池田　実は私は難産で、生まれたとき産声を上げなかったそうです。非常に虚弱児で生まれている。産婆さんが足をつかんでお湯の中に突っ込み、張り倒したら、かすかな産声を上げたという。にもかかわらず、こうして命を永らえたのだから、体力がつづく限りは、歌や作品に全力投球をしようと思っています。

池田理代子　山折哲雄

## ◆自分自身が満足する人生考えて

質問　人の性格は変わるものでしょうか。

池田　人は時によって複数のペルソナ（仮面）を使い分けることもありますが、根本的な性格は決して変わらないと思います。年をとればとるほど本来の性格が色濃く出てくるんじゃないでしょうか。

質問　第二の人生に向け、どんなことを意識して生きればいいでしょう。

池田　人生は一度きりしかない。これは、昔も今も、どんな人にも平等なことなんです。親や先生など周りの人にほめられる人生ではなく、あなた自身が満足する人生を考えていただければ。それで初めて、周りの人を喜ばすこともできると思います。

（二〇〇五年十月二日、大阪・大槻能楽堂）

◇

山折哲雄
高樹のぶ子

16

# 無常観　心の葛藤和らげ
# 文学が対立の抑止力に

# 高樹のぶ子

（たかぎ・のぶこ）　作家・九州大学アジア総合政策センター特任教授。一九四六年山口県防府市生まれ。八四年に『光抱く友よ』（新潮社）で芥川賞、九五年『水脈』（文藝春秋）で女流文学賞、九九年『透光の樹』（同）で谷崎潤一郎賞を受賞。ほか著書に『満水子』（講談社）、『ＨＯＫＫＡＩ』（新潮社）など。

## ◆加害者としての愛の体験
## 書くしかなかった

司会　きょうも大変すてきなゲストをお迎えしています。作家の高樹のぶ子さんです。

山折　愛をテーマにした小説をお書きになる作家としては、本邦随一の方ではないかと思っております。この現代社会において、愛は可能か。もし可能であるとすれば、どういう可能性があるのかということをじっくりうかがいたいと思います。

司会　作家としてデビューされて、今年がちょうど二十五年ですね。

高樹　ただ自分の欲望のままに書いてきて、振り返ったら二十五年たっていたという感じですね。

山折　作家デビューされてからずっと九州でお書きになっています。古里に対する思い入れは非常にお強いんじゃないんですか。

高樹　生まれ育ったのは山口県の防府というところで、十八までいました。福岡にはもう三十年以上暮らして、郷里より長くなってしまいました。

山折　高樹さん自身の子どものころのことを書いた『マイマイ新子』を読むと、冒険心と好奇心に満ちたおてんば娘という感じですね。

高樹　マイマイというのは私の郷里ではつむじのことです。子どものころからつむじがピンと立っていたのだけれど、これをマイナス、コンプレックスとせず、私のアイデンティティーであると思えるようにならないと人生が開けない、もって生まれたものを肯定して、むしろ武器にできなければと思ってきました。

◇

山折　子どもたちとの付き合いの中で、すごい正義感に燃えて行動しているところがありますね。あれは後の恋愛小説の中にも出てきているような気がしますが。

高樹　本当は正しいことをして生きたいのに、

高樹のぶ子　山折哲雄

正しくないことばかりして生きてきたんです、プライベートな部分では。いつも自分の中の懊悩というか、あるべき姿と自分の姿とのギャップに悩みながらやってきたんだけど、最近、DNAのせいじゃないかなと。こんなふうに思うのは駄目ですか。

山折　いやいや。しかし、そういう葛藤と悩みの中から次第に文学への開眼が始まったんじゃないですか。

高樹　そうですね。立派に生きていたら小説なんか読む必要はないし、そんなに立派に生きている人の人生を小説で読んでも面白くないでしょう。

山折　全くそのとおりですね。

高樹　たぶん、ずっとこういう状態で生きて、死んでいくしかないかなと思っています。

山折　仏陀もモーゼも、「汝、姦淫するなかれ」ということを何千年も前に言い、人類もそれを言いつづけてきたわけですが、同時にそれを裏切りつづけてきているわけですね。人類の歴史そのものが、矛盾に満ちた世界の中でもがき苦しんできたわけで、文学はそこから発生したと思っています。高樹さんの小説を読むと、それを絵に描いたように見る思いですね。

高樹　私自身も離婚したり、再婚したりでしたが、今年の冬で再婚銀婚式までいきましたから立派なものでしょう。

山折　立派なもんです。

◇

司会　作家生活と再婚されてからが、だいたい重なるということですか。

高樹　三十五のときに再婚しまして、その前は本当にもがき苦しんでいたというか、いろんなことがめちゃくちゃになっていましたから、もう書くしかないと、背水の陣を敷いて書きはじめました。『その細き道』が一応デビュー作ということで、二年後、『光抱く友よ』で芥川賞をいただき、書きつづけてきたという感じです。

山折　愛の遍歴、愛の葛藤は、加害者になるか被害者になるか、どちらかですよね。加害でも被害でもないというラブアフェアは、読んでいておもしろくないし、体験しても大したことはない。加害者としての愛の体験を果敢に、たじろがずに書き切れる人は、そう多くはないと思います。加害者として、自分が傷つけた相手に対する負い目、恐れを抱きながら、お書きになってきたわけですね。

**高樹**　それしかなかったという感じなんですけれど、昔、遠藤周作さんがキリスト教の成立について書いた本を読んだことがあります。キリスト教があれほど広まったのは、弟子たちの中にイエスを見捨てた加害者意識があったからだと書かれていました。加害者の痛みを書く勇気をもらい、四十代の初めぐらいまでは、加害者の痛みに立った小説を書いてきています。ただ、それに縛られつづけるのがだんだん窮屈になって、四十代後半からは大人の恋愛小説を書くようになりました。

## ◆他者と折り合う方法
## 人間の欲望認め合うところから

**山折**　高樹さんのもう一つの重要なテーマは人間が本来的にもっている性的な快楽をどう考えたらいいかということだと思います。なんらかの形でコントロールしないといけないのだが、コントロールするかしないかの濃淡の差のところで、恋愛のドラマが展開していく。

◇

**高樹**　人間の行動を決定するのは正直、欲望だと思うんですね。性的快楽だけでなく、自己実現の欲望や食欲もある。宗教やイデオロギーでコントロールできるんだと思っていても、全然できない。人間はそういう生きものだと認めたうえで、初めてコントロールの可能性が出てくるんだと思っています。欲望の原理、行動規範の根本のところは動物と同じ。生きて食べて子孫を残して少しでも楽しい生活をすることが生命の本来的な姿だと思います。みんながそういう欲望を持っているんだと認めれば、他者と折り合う方法も出てくるんじゃないですか。

山折　その通りだと思います。いくらコントロールしようとしても、たとえ宗教のレベルでも、そんなに制御できるものではないということはみんな考えつづけてきました。そのうえで現代の日本社会をみると、少子高齢化、特に少子化が極端なところにきています。いろんな原因があると思いますが、生殖に結びついた性の問題を回避する欲望主義、快楽主義が一般化しはじめている、その一つの結果ではないかとも言えますね。

高樹　う－ん、そこは少し違っていて、子どもをもちたいという基本的な欲望はもっていると思うんですよ。ただ、それを満たすだけの社会的状況になっていない。人口が都市に集中し、マンションやアパートで核家族が暮らす。集団コミュニティーがなくなっていくなか、子どもを一人で育てることのストレスは五十年前の何倍もかかっている。ならば自分の人生を優先させたいという気持ちが、子どもを生み育てたいという本能に勝った結果だと思うんです。日本の津々浦々に人間が行き渡り、暮らしのコミュニティーがあり、広々と子どもを育てる環境が整っていて、もちろん職場もある。そういうところから解決しないと難しいと思います。

◇

山折　確かに二つの欲望がありますね。そのせめぎ合いが行き着くところまで行き着いたという感じがします。簡単には解決のつかない問題ですが、ちょっと視点を変えまして、『源氏物語』は男が女の間を遍歴する愛の物語、『とはずがたり』は女が男の間を遍歴する愛の物語ですが、いずれも、生殖からできるだけ自由になった自己実現という欲望を肥大化させていくところに花開いた愛の物語のように、私には見えるんです。もちろん、『とはずがたり』の場合には男遍歴をしながら何人か子どもを生む。その子どもに対する愛着、執着、育てなければならないという義務感に迫られながら、生きていく。そして、最終的には自己を救うために出家してしまう。『源氏物語』もなんとなしに宗教的な方向に向いて終わる。愛の遍歴が現代の社会で可能かどうか考えていくと、どこかで自分を否定しないといけないところにいってしまうかもしれない。高樹さんの小説を読むと、そういう願望がいろんなところから噴出していますよね。

**高樹**　たぶん、私が精神的にも肉体的にもエネルギッシュな人間なんだと思うんです。生命力。卑近な例でいえばセックスも含めた大きなところでの生命力、願望、欲望が、日本では不況の影響もあって落ちてきている。日本全体のエネルギーの現れでもあると思います。

## ◆恋愛は必ず時間に敗れる

**高樹**　いま、中国はすごい勢いで経済発展していますが、「ラブ・ジェネレーション」など日本のトレンディードラマが大ブームなんです。都市の若者を中心に、個人の欲望に忠実に生きようとする層が増えているんですね。そうすると、たとえ政治的に反目しても、サブカルチャーが一人ひとりに浸透したら、単純な対立構造ではなくなるはず、それがサブカルチャーの強さだと思っているんですよ。人間はみんな同じだと心強く思いました。

◇

**山折**　「冬のソナタ」ブームをどうご覧になっていますか。

**高樹**　「冬ソナ」はアジアの希望の姿だと思っています。それについてご説明します。いま、キリスト教とイスラム教が対立していますが、違う宗教を理解しようと、いくら本を読んでもわかりません。それどころか長年暮らした夫婦でも、互いを本当には理解できない。頭で理解しようとすると、違いがはっきりして、とても相いれないことがわかってくるわけです。

高樹のぶ子　山折哲雄

でも、自分の女房、亭主だって理解できないもんだとあきらめてみたらどうでしょう。あきらめたときに、愛するということ、それが必要だということがわかってくるんじゃないかと考えています。愛するというのは理解できなくても可能ではないか。それが何なのかというときにヨン様が出てくるんです。

韓国のことを何も知らなくても、理解しようと思わなくても、ヨン様の笑顔はすてきなんですよ。ヨン様をすてきと思った人は、韓国を好きになるかどうかは別にして、少なくとも憎む気持ちはなくなる。あれは理解ではなく、愛に直結した奇跡的な出来事だったと思います。一人の人間を知り、大切に思う、すてきだと思うということは百冊の本を読んで理解しようとすることより、もっと役に立つ大事なことだと思っています。

じゃ、文学の世界で何ができるのか。文学者と文学者がコンタクトすることで、小説を紹介する。それは、一人の人間の姿、生活、自分たちと同じ感覚で生きている人間がいるんだということを伝えることができる道具なんです。それは政府が発進するいかなる情報や観光ガイドよりもっと直接的にその国の人々を愛することになるのではないか。私がこれから始めようとしている活動は九州大学を舞台にしているんですが、「理解ではなく愛するために」をテーマにしていこうかと考えているんです。

◇

山折　現代は知の体系をいかに理解してもらうかでなく、もっと感性を大事にしたものが求められるのではないかということですね。われわれの分野でも宗教対話というものが行われますが、これが成功するのは祈りや愛という言葉を中心に話し合うときです。キリスト教とか仏教、ユダヤ教の教義や思想を言い出すと、必ず対立するんですね。ところが、いまの日本、世界のアカデミックな状況は、相変わらず知の体系と言いつづけている。知の体系は二十世紀で終わ

った。二十一世紀は別の体系をつくらなければいけないということにかかわるような話ですね。

そこで一つ、「冬ソナ」ブームについて私からも一言コメントさせてください。日本の中高年男性はほとんど、ブームを苦々しい思いで見ていたと思います。それは男性が西洋から入ったロマンチック・ラブを信じていないからではないかと思うんですね。

**高樹**　ロマンチック・ラブには終わりがあります。恋愛は必ず時間に敗れると言っているんです。だからロマンチックだと思う。

**山折**　まさにそうですね。愛には必ず終わりがくる、エンディングがあるわけですね。確か、『透光の樹』では、愛する人が亡くなった段階で、深い欠落感に襲われる。大事なものが失われた哀惜、悲しみが流れて小説が終わります。それは日本的な無常観と似ているように見えるんだけれども、違うと思うんですね。欠落感から出てくる深い悲しみはどこまでいっても悲し

◇

みであり、苦しみである。無常観というのは、その悲しみ、苦しみの中で、ほっとした、救いのような光が流れてくる世界だと思うんです。そこが微妙に違うなと。

## ◆無常観とは一瞬一瞬を大事にするありがたいもの

高樹　時とともに変わらぬものなし、という諦念、無常観はあらゆる心の懊悩、葛藤を和らげてくれるものだと思います。自分もやがては死んでいくわけです。生きていることの苦しみまで消してはくれないけれど、さらさらとした柔らかさの中に包んでくれるような気がするし、これは日本人独特のものではないのかと。

山折　愛はやっぱり限界がある、永遠じゃない。そこから、自分の心、魂をどう救い出すかという点で、ロマンチック・ラブの伝統が長い国の人々とわれわれ日本列島に住む人間との間で違いがあると思います。われわれの場合は無常観を生活の中に積極的に生かしている。日常的にどっぷりとつかることで、苦しみから逃れているという気がします。しかし、ヨーロッパ人にそれはできない。

高樹　そうですね。ただ、その無常観はというと、どうせ消えていくからしようがないんだというものではない。かわいい、かわいいと言っていた子どももいつか巣立っていく。どんなに人を好きになり、幸せであっても、その愛はいつか消えていく。それを知っていればこそ、いまをありがたく、楽しんで生きて、一瞬一瞬を大事にしようと考える。無常観というのは、投げやりとかあきらめとかではなく、いまの瞬間を非常に濃いものにしてくれる考え方だと思っているんです。

◇

山折　あす死んでいるかもしれない。今晩死ぬかもしれない。こういう感覚ですね。

高樹　無常観というのは消極的でなく、むしろ積極的な考え方、生き方を生み出すコツだと思います。たとえば、いま、私の中に恋心が芽生えたら、この年齢にして人を好きになるという瞬間はなんとありがたいことか。その喜びを大事にしたいし、相手を傷つけないように一日でも長くこの恋心を味わっていたい。いつかその喜びが自分から失われるかもしれないと思うからです。これは食べるものだってそう。幸せを感じるためのコツだと思うんです。

山折　そのへんは、高樹さんが命名されている「第二次恋愛期」、中年の人々の愛の形に関係するでしょうから、ちょっとご説明を。

高樹　「第一次恋愛期」は結婚前の人生を形成するための恋愛。一次は打算的であって当然です。これから子どもを産み育てていかなければならないのだから、当たり前です。みんなやっぱり、自然の本能として、いい条件の相手を選ぼうとする心が働きます。

中年の「第二次恋愛期」は世間的な打算とは関係なく、人生を充実させるためのものです。「第三次恋愛期」は六十歳以降を一応年齢制限としているんですが、ここでは心が初期化される。これが大事なんです。初期化とは、それまで生きてきた経験や知性や経済力が何の役にも立たなくなり、少年のように人生のビギナーに戻ってしまうこと。それとは逆に背負ってきた経験や地位の力で異性の歓心を買おうとすると、恋愛ではなく情事になってしまう。

◇

老年の恋というのは、その人に養ってもらおうとか、欲望のはけ口になってもらおうというのでなく、その人とつながっていることが幸せだと思えるもの。さみしさや無常観からくる大きな柔らかさみたいなものが含まれているんじゃないでしょうか。宗教的な気持ちが老年の恋には宿っているような気がします。

山折　高樹さんの言葉で言うと、生命力がないとなかなかそこまでいかないかもしれません。

性愛の世界から神聖の世界へ。その幅の中で自分を生きる訓練をしていく。これが年をとることだという気もします。

## ◆アジアの作家との共同作業続けて

山折　ところで、最新作の『ＨＯＫＫＡＩ』は高島北海という実在の人物の評伝小説ですね。

高樹　北海はフランスでガラス工芸家のエミール・ガレと交流し、十九世紀末から二十世紀初頭の芸術運動、アール・ヌーボーに影響を与えた人物です。画家であり、明治時代の官僚でもありました。留学生としてフランスに行き、向こうの女性と恋もした。魅力的な男です。

司会　高樹さんの分身のような女性作家と北海のひ孫の恋も並行して描かれています。

高樹　女性作家が北海のひ孫を取材するうちに、恋に落ちる設定にしました。

山折　その女性作家は。

高樹　一応私がモデルと考えてもいいいんですけど、年がなにしろ四十ちょっとだから、私の若かりしころのモデルかな。

山折　面影をうかがうことはできますか。

高樹　いろいろ想像して読んでください。

司会　今後の仕事の予定をお聞きできれば。

高樹　この十月から九州大学特任教授になりました。さっき申し上げた「理解ではなく愛するために」というテーマで務めたいと思っております。講義をするのではなく、ＳＩＡというプロジェクトです。「Soaked In Asia」の略で、「soaked」とは溺れる、浸す、浸るという意味。「アジアにどっぷり」と訳してもらえばいいんですが、「五感で感じるアジア」というような意味でとらえてほしいと思うんです。

　実際にどういうことをするかというと、アジアの一国ずつを取り上げ、その国のすばらしい文学作品、心の情報を表している作品を、小説家の感性で私が読み取り、それに触発された小説を創作して返す。つまり、向こうから投げられたものを受け取って、また作品として返す。こうしてキャッチボールした二つの作品を文芸誌『新潮』に掲載します。同時掲載し、読み比べてもらって、読者に心の情報のキャッチボールを味わっていただく。

また、ＳＩＡデーとして、「五感で感じるアジア」というイベントを福岡で開く。食べ物、音楽、ビデオ、朗読会、トークショー、あらゆる五感を刺激するイベントを開催し、一般の方にも広く味わってもらおうと考えています。最初はフィリピンを取り上げ、三月十日に行われます。フィリピンの小説家の短編と私の短編、二つを並べ、テキストとして使わせてもらう。五感すべてを刺激して、浸ってもらう。理解より愛するためには、それが必要ではないか、そうすることが一番、その国の人たちに近づけることではないかと考えているんです。来年の夏はベトナムの作家と共同作業をしたいと思っています。

この仕事は、別に私だけの特権ではない。あらゆる作家が互いに感性のキャッチボールをしあうことで、アジアの政治がどんなに冷え込んだとしても、文学が対立の大きな抑止力になるのではないかと思います。

小説とは、すごい芸術的なものか娯楽エンターテインメントかと考えがちですけれど、こんなふうに具体的な心の情報として役に立てる、人と人を近づける道具でもあると思うんです。

◇

## ◆楽しんだものこそ心の奥まで入ってくる

**質問**　愛することはできないがせめて理解を、という考え方もあるのではないでしょうか。

**高樹**　確かにあると思います。ただ現代社会では、自分の知識や情報で相手を分析するという方法が行き詰まりを見せている。そこで理性ではなく、小説家が持っている感性を生かせないいます。

かと考えているんです。どうしても愛も理解もできない時、一緒にご飯を食べるとか、美しいものに触れるとか、同じ物語に共感するだけでも違うはずです。

**質問**　大阪には理解するより一緒に楽しもうという精神があります。それと同じですか。

**高樹**　楽しんだものこそ一番心の奥まで入ってくるという信念を私はもっています。大阪は天性の才能があふれている町かもしれない。夫婦が理解はしあえなくても、ともに暮らせるように、価値観の違う人間同士が平和に共存できる方法を、世界はいま、必要としているんじゃないかと思います。

**質問**　熟年離婚についてどう思われますか。

**高樹**　女房のことは全部わかっているという思い上がりが悲劇の原因です。一緒に暮らせば相手の反応の仕方は見当が付くが、それと理解することは別。実はそのことを理解するのも大変なんです。

◇

（二〇〇五年十二月十七日、大阪・大槻能楽堂）

17

# 「おなかで舞う」が師匠の教え
# 巡る時の長さ　舞台で表現したい

山折哲雄
井上八千代

# 井上八千代

（いのうえ・やちよ）　京舞井上流家元。京都市生まれ。一九六一年「七福神」で初舞台。九九年「辰巳の四季」で芸術選奨文部大臣賞、「弓流し物語」で日本芸術院賞を受賞。二〇〇〇年、五世井上八千代を襲名。京都造形芸術大学教授。「都をどり」の演出、振付けも手がける。

## ◆祖母の舞姿に力強さと生命力

司会　きょうのゲストは、春爛漫の季節にぴったり、京都で二百年の伝統を誇る京舞井上流の家元、五世井上八千代さんです。まず、京都の祇園甲部歌舞練場で毎年四月に開かれる「都をどり」の雰囲気を、スライドで見ていただきましょう。

（スライド上映）

司会　明治五年に始まった際に三世井上八千代さんが振付けをされ、以来ずっと、流派としてかかわってこられたと伺っています。

井上　明治維新で寂しくなった京都で何かにぎやかしをしようと博覧会が行われまして、芸妓の総踊りをご覧いただいたのが最初でした。第一景は花道から「都をどりはよーいやさぁ」のかけ声とともに、幕が開きます。

山折　「都をどり」の演出は、四季それぞれの特色を表すということがベースにあるわけですね。

井上　銀襖《ぎんぶすま》の前で、柳桜の団扇《うちわ》を持って始まり、夏の夕涼み、秋は紅葉、冬は雪などと毎年、変化をつけながら、最後は必ず桜に戻るという形になっております。中盤では、今年で言えば浦島太郎など、日本人の心の中にあるお話を別踊りでお見せします。今年のフィナーレは伏見城大手門の桜。舞台上の桜と芸舞妓、京都の各地の桜を合わせてご覧いただく趣向です。

◇

山折　お父さまが能楽観世流片山家の九世片山九郎右衛門、おばあさまが京舞井上流の四世井上八千代というご家庭に育ち、大変なこと、楽しいこと、苦しいこと、いろいろあったと思いますが。

井上　祖父がやはり能楽師・八世九郎右衛門で、私はその初孫です。弟が成長するまで能の子方も勤めましたが、残念ながら本格的に勉強はしていません。ただ若い時分、十代の終わりから二十五ぐらいまででしょうか、お能を見るのが

井上八千代　山折哲雄

すごく好きな時代がありました。舞は三歳のころ、祖母に入門いたしました。祖母の気配を感じたら隠れる人もあったというぐらい、大変厳しい師匠でしたが、おばあちゃんとしてはとても優しい人で、私はその両面を見て育っています。ただ私の母親は、全くの素人で主婦なんです。祖母の舞が大好きな人でして、ともかく好きなだけに、自分の娘にそんな大それた、名人の祖母の跡を継がせるようなことはできないと長らく思っていたようです。

**山折**　四世八千代さんはどんな師匠でした？

**井上**　すでに名人の呼び声が高く、舞踊界では雲の上の存在の人で、二十歳過ぎのころは、後継者として自分がやっていけるのかと不安でいっぱいでした。そんなとき、舞の道に導いてくれたのは、やはり祖母の舞姿でした。大地に根の生えたような力強さと、生まれたてのみずみずしさを併せ持っていて、なにか元気がないときにも励まされるんですね。体は老いながら、なお変貌を遂げていく。生命の力そのものの舞姿でした。

プレッシャーはずっと感じておりますが、祖母が亡くなってもう二年がたちます。師匠を亡くしてから芸能者は出来上がるといわれます。正念場であると思っております。

◇

## ◆京舞の本質は自由な精神から

**山折**　京舞の体の動かし方も含めて、さまざまな技能、技術の基礎にお能の伝統、お能の型の訓練があると聞いたことがあるんですけれども、お能の世界と京舞の世界はやっぱりここが違うというようなお考えはありますか。

**井上**　井上流京舞は、能からできたものだと断言なさる方もいるんですけれども、私は必ずしもそうは思っておりません。二百年ほど前はいろいろな芸能が盛んになったときで、江戸と上方の交流もありました。さまざまな芸能のよいところをもらいながら、女性ばかりの流派として、女性のしやすい芸能をつくって、いまに至っている。それが井上流京舞やと思っております。その点、能楽はやはり原則的に男の世界で、舞と一番大きく違うのは演劇である要素が大きいということやと思います。

例えば、同じ「葵上《あおいのうえ》」という曲目でも、能はシテの六条御息所《みやすどころ》のほか、さまざまな人物が登場します。井上流の地唄舞としての「葵上」はただ一人、御息所であるか語り部であるかわからない人物が現れて、すべてを語る。表現方法も女性ならではの形になっている。京舞には、白拍子の舞、もっと昔の舞ごとの系譜をも受け継ぎ、一人の人間に力を集約して事を始めるという手法があります。舞の中のたいへん重要な要素だと思っています。

**山折**　お能の場合は、お面をかぶって、しかも水平移動が基本ですね。しかし、京舞の場合はお面をかぶりませんから、どうしても所作がドラマティックになるというか、ちょっと派手になる。それでも、踊りではなくて舞だとおっしゃるわけですよね。歌舞伎踊りの要素も随分取り入れているような感じがします。

**井上**　とても能に近い表現のこともあれば、踊りっぽいところもあるのが京舞やと思います。その中庸ですね。みなさんに訴えかける手だてが少ないだけに、余白の部分、想像の部分を残して、お客様にも苦しんでいただかねばならない芸能だと思っています。

◇

お答えになっていないかもしれませんが、私たちは表情をしないという約束事なんです。けれども、やはり表情が出てしまう。笑ったり怒ったりの顔はしないんですけど、やはり、そういう感情が出てくるときがあります。表情を出さない中での表情の変化ということが大切なような気がします。

**山折**　あるいは体が激しく動くと、表情は変えなくても表情に変化が見えることはありますよね。

**井上**　あると思います。表情もそうですし、私たちの世界にはやはり雪が降ったようなとか音が聞こえるというような部分がないといけない。何も舞台装置のない中で、持っている扇は雪でも雨でも同じような振りをする。けれども雨なら濡れたくないが、雪なら体にかかってもいいという違いはあるような気がします。そういうふうにお客様にとっていただける方法があるはずで、共に考えていただきながら舞台をつくるのが舞の世界やないかと思っています。

**山折**　京舞井上流の基礎はお能だと思い込んでしまっていたことがありますが、しかし本質は自由な精神に満ちあふれていて、いろんな要素を取り込んできたということですね。四世名人の八千代さんの芸談で印象に残っていることをご紹介いただけませんでしょうか。

**井上**　芸談というのをしなかった人でした。ただ、インタビューなどで必ず言うておりましたのが、稽古は「おなかで舞うのどす」、それ一言です。もちろん心持ちという意味もあると思います。そういうことも、身体的なことも含めて、おなかに力を込め、ほかには力を入れないで、おなかで舞う。その続きに、役になりきるということもやはり言うておりました。

その役になりきるということでちょっと印象に残っているのは「役につき過ぎたらあかん」ということです。役になって、それからあとはいったん離れた方がいいという意味やと思いました。つまり、その役になろう、なろうということを忘れなさいということ。何によって忘れるかというと、やはり稽古によって忘れてしまうことではないかと私なりに解釈しています。

◇

芸能者の使命は、命というもの、人間が生きるということを舞台上に何らかの形で表出するということではないか。それをご覧いただけなければなんにもならないわけです。そのための舞台ではないか。舞台というのはあくまで生物《なまもの》、それを大切にしなさいということを教えてくれたような気がしております。

山折　日本の伝統芸能では身体の訓練について、腰のことを言う場合が多いですよね。腰を落とすとか、腰をしっかり鍛えるとか。それに対して腹ということを言われるのは、座禅などで「臍下丹田《せいかたんでん》」というときの、丹田に力を入れるといったようなことと関係するのかなと思ったんですが。

井上　臍下丹田に力を込めてという、身体的にはまさしくそうやと思うんです。精神的にもそういうことではないかと受け止めています。

◆「おいど下ろして」
向かい合わせで手ほどき

山折　NHKの番組で五世八千代さんの稽古風景を見たことがあります。稽古のつけ方、説明のしかたがものすごく明晰で、説得力があったのを覚えています。初心者に舞を教えるときのポイントを教えていただけませんか。

井上　私どもの稽古は大変具体的なものなんです。実地でさせていただきます。

（ここで舞の所作を披露）

井上　私が師匠なら、鏡のようにお弟子さんの真向かいに立ちまして、いきなり曲に入ります。（山折さんに舞の手ほどきをしながら）指はそろえ、小指が離れないよう横へつけて。私が右手を挙げたら、お弟子さんは左を挙げる。足は後ろかかとをうかして重心が真ん中にあるように立ちます。そのままおなかを下へ落とすと、前のひざがつま先より向こうへ行く。これが私たちの「おいど（お尻）を下ろす」。この構えで扇子を開き、ツンチン　突くやア手まりの。なかなか筋がようございます。

山折　汗びっしょりですよ。

司会　普通、日本舞踊だと横から一緒に指導するスタイルが普通かと思っていたんですが、舞

井上八千代　山折哲雄

の場合は向かい合わせで。
井上　はい、子どもにとってはいいみたいです。見たままをすればいい。真向かいのほうが初心の方にはいいかもわかりません。
山折　確かに真向かいに鏡に映るように稽古させていただくほうが楽ですね。やりやすいという感じがしました。
司会　「おいど」は「御居処」と書くので、やっぱり体の中心という、さっきのおなかに通じるものなんですかね。
井上　そうなんでしょうね。ともかく、子どものときは「おいど下ろして」としか聞いた覚えがないぐらい、やかましく言われるんです。これが、ある程度舞えるようになりますと、ちょっと違う構え方、また違った構えというふうに変わってきますが、手ほどきものといわれるのは、おいどを下ろすことのお勉強のようなことです。
山折　それで大体何年でしょう。
井上　昔のお稽古は毎日ですから、一年ほどで出来上がっていたんでしょうが、いまは六つから入って、やっと大学生ぐらいでちゃんとまともに立てるぐらいかなと。素人さんのお稽古が月に三回ぐらいになっていますから、そういう進み方なんでしょうね。気の長い話です。
山折　基礎が出来上がると、次はどんな稽古をつけられるんでしょうか。
井上　男舞を経験するのも重要です。おなかをぐっと締め、ひざを割るという男の構えを習うことで、ためる――時間を保つことを覚える。それから、ゆったりとした地唄舞を習います。

◇

山折　最近、「ＳＡＹＵＲＩ」というアメリカの映画が大変話題になっていますが、芸者を演じているのはマレーシアや中国出身の女優です。ご覧になっての感想はいかがでしょうか。
井上　正直に申しますと、さすがに主演女優はきれいやったと思うんです。ただ、「あれが祇園や」といわれたら困るなと思うんですけども。

◇

中で出てくる舞踊場面が変だとは必ずしも思わなかった。これはアメリカ人が日本の踊りにもっている一つのイメージかもしれないなあと。

**山折** 私も大体、井上さんと同じような印象を持ったんですよ。「ラストサムライ」にしても「SAYURI」にしても、新しい目で日本の伝統文化を見はじめているという感じはしました。その点、かつての「フジヤマ・ゲイシャ」の日本イメージとは違う。しかも、外国の女優が日本の芸者の世界を内面に踏み込んで演じようとしている。日本の文化がだんだん世界化していく出発点になるような作品かもしれません。

**井上** 「ラストサムライ」にしても「SAYURI」にしても、外国の方がいままで自分の知らなかった世界、例えば滅びの文化に対する郷愁に興味があるということなのかもわかりませんね。

**山折** 「SAYURI」は、最後は愛の物語になっているんですね。あれは祇園を舞台にした日本における物語とはちょっと違う。従来、愛というものは裏切られていく、愛は無常だという伝統的な恋愛感情が前面に出てきましたけれども、あの映画だけはやっぱり愛の勝利といったところで終わってますよね。

井上　それがやはりアメリカ映画ですね。

山折　そうですね。

## ◆はんなりした舞、年とること大事に

井上　話が飛びますけど、先生は以前、明るい無常観ということをおっしゃった。そのお話を聞かしていただきたいんです。私たちの舞の世界、舞台芸術と先生のおっしゃる無常観は通じるものがあるような気がするんですが。

山折　例えば『平家物語』の冒頭の「祇園精舎の鐘の声、諸行無常の響きあり」。これは琵琶の伴奏で聞きますと、やっぱり暗い無常観だと思うんですね。ところが、平家が滅んでいって最後に浄土に往生する、その祈りのような言葉も『平家物語』には出てくる。最後は浄土往生というか希望がじんわりと浮かび上がってくるようなところがあって、明るい無常観もあの物語世界には同時にたたみ込まれているんだと、あるとき感じました。

『源氏物語』の世界は明るい無常観をもっと前面に出していますね。華やかさという彩りで演出しているということもありますが、そういう伝統は京舞も受け継いでいるような気がします。四季それぞれの美しさを大事にしてきた日本人の季節宗教といってもいいようなところがあるわけですね。

◇

もちろん季節は移り変わっていく。秋から冬にかけて物みな枯れていく。生命力の衰えを象徴するのが冬だという感覚が暗い無常観と結びつくんですけれども、同時に再び春がめぐり、よみがえって新しい花を咲かせるという、この

山折　先ほどもちょっと話が出ましたが、踊りと舞、違いはどこにあるのでしょうか。
井上　これは難しいですね。舞は回るという水平の動き、踊りは縦に動くという言い方があります。しかし私たちの舞にも、跳びかえて座る「跳び返り」や、足をそろえ跳んで座る「一点着地」という体の使い方があります。
山折　起源の問題で言うと、農耕社会の農民たちの体の動き方、労働の姿勢は水平移動が中心です。山間部では山を登ったり下りたりするから、どうしても上下運動が労働に入ってくる。舞の基本は水平移動、農耕社会から生まれたのではないかと言う人がいますが、能にしても舞にしてもだんだん発展していくと、いろんな要素を取り入れていく。両方の要素がまざり合っていくのは自然なことですよね。

◇

巡り。そんな「よみがえりの思想」が無常観の中に明るさを感じさせるのではないかと思います。日本の伝統芸能はみんな、その両面をとらえて演出しているような気がします。
井上　巡りながら続く、時の長さを舞台の上で表現できれば、こんな素晴らしいことはないなと思います。その手立てを早くに見つけたのが能という先行芸能なのだと思います。
山折　能のシテのほとんどは亡霊ですよね。あの世からこの世に登場してきて舞う。同時に衣装の絢爛豪華な感じは、平安時代以来の美意識を再現している。京舞も非常に華やかな美しさというものを大事にしてこられたという感じがしますね。
井上　座敷のほの暗い灯《あか》りの下で美しく見えるよう、京都の芸妓は華やかな色合わせを好みます。うちの舞も若いうちははんなりした取り合わせから、だんだんに年をとることを大事にしています。

井上八千代　山折哲雄

## ◆日本人の伝統文化や精神　芸舞妓の徒弟制度の中で学ぶ

**司会**　新しい井上流を育てていく立場で、どんなものを目指していかれるのでしょうか。

**井上**　名人、天才である祖母と同じことはできませんが、天才でない普通の人間も京舞を舞う、ということを地道につないでいきたいと思っております。

**司会**　今後、男性のお弟子さんが入ってくることも考えられるんでしょうか。

**井上**　素人のお弟子さんではいらっしゃいますが、本職としてやろうという方があれば、これは本当に至難のわざ、新しい井上流を切り開くぐらいの気持ちでないと難しい。女性が女性を舞うのがやはり自然体だと思いますから、男性が女性を舞うということになれば、方法論が変わってくる。そこを発見しないと、舞台人としては成り立たないだろうと思います。

◇

**司会**　井上流の舞は、単に華やかであるとか色っぽいというのと違って、芯に持っている力強さを感じます。

**井上**　女性が舞うから、逆に男舞のときは男の人以上に動いたり、力強い表現をする面はありますね。三世八千代の時代に祇園の芸舞妓が入門するようになり、余計に舞で色気を出すことをしなくなったと思うんです。

**司会**　いま、芸妓さんや舞妓さんは、結構京都以外から来ていらっしゃいます。若い方たちに和の心、伝統の芸を教えていかないといけないのは大変じゃないかと思うんですけれども。

**井上**　舞妓さん、芸妓さんに限っていえば、いまはとっても大変やろうと思います。地方から来られるというのは昔もあったことのようですが、それよりも、いまは徒弟制度がなくて、人のおうちに住み込んで勉強するということが全然ない世の中ですからね。よその土地からやってきた子どもが、まったく知らない土地の、知らないうちの中でやっていく。しかも、それぞれ家の条件も機構も違います。お手伝いのいるうちもあれば、何もかも自分でしなければならないうちもある。簡単に言えば、厳しいうちもあれば甘いうちもある。一緒に私のところへお稽古に来て、同じように舞妓を目指して頑張っていけるかどうかという問題もあると思います。

ですから、私が言うのは、どういうことで舞妓になろうと思ったのかわからないけれども、せっかく同じ日に入門したんやから、本当にこれは出会い。条件は違うやろうけども、ともに頑張ろうという気持ちを持って仲良くしなかったら続かないよということ、それのみです。

山折　伝統的な技術、芸能、職業は、師匠から弟子へという教育の場を通して初めて伝達されていく。そういう装置、機関がどんどん失われているわけですね。師と弟子の関係すらが非常に危うくなっている。その関係を大事にするには、どうしても徒弟奉公や住み込みという、ある意味では厳しい修業時代を耐えなければならない。これを少し復活させていかないと、日本人の伝統文化や精神が失われてしまう。伝統芸能の場合も、その基礎になる生き方、体の鍛え方から教えていくわけですよね。そういう点で、お能の伝統と京舞の伝統を一心に体現されている五世井上名人にひとつ大いにやっていただきたいと思っております。

◇

## ◆教える立場の責任

質問　私は大学生で教師を目指しているのですが、教育者、人の上に立つ者として心がけていらっしゃることがあればお聞かせください。

井上　子どもの世代を見ていて、教師に対する言葉遣いに抵抗をおぼえます。仲良しであることと、距離を保つということは別ではないかと思うんですけど。年齢にかかわらず、「師に対する」という関係があってもいい。逆に年が近くとも、師の側はものをお教えする立場だという責任を感じないといけないやろうと思います。

**質問**　芸の道には「守破離」があると聞きます。八千代さんは伝統の何を守り、どう破っていくのでしょうか。

**井上**　祖母は厳しい師匠で、弟子が自分の教えと違うことをしたらとても怒ったんですけれども、それだけ厳しい指導であっても、上級者になれば各自の芸風が出ます。その入口としては、先ほどの稽古のように真似《まね》ることから入るわけです。これが「守」といえるかもしれません。

◇

四世八千代の舞によって表現した生命の力、これはあくまで守り伝えていかねばならないことやと思います。ただ、それは先代独自の世界でもある。どこかで吹っ切らねばならない。自分の求める世界は必ずあるし、形にする手立ても必ずあると思うんですが、それが「破」ということやないかと思います。「離」となると、どうなんでしょうか。もはやどちらがどうというこだわりでない、あり方を指すのかもしれません。

（二〇〇六年四月十五日、大阪・大槻能楽堂）

18

# ハッピーなとき　結果が出る
# 人生の再スタートは大阪

山折哲雄
増田明美

# 増田明美

（ますだ・あけみ）　スポーツジャーナリスト。一九六四年千葉県生まれ。高校三年生のとき、初マラソンで日本最高記録をマーク、八四年にはロサンゼルス五輪に出場した。九二年に引退、テレビ解説者としても活躍。二〇〇四年から大阪芸術大教授を務めている。

## ◆四十二・一九五キロマラソンは
## シニイクカクゴ？

司会　きょうは、元マラソンランナーで、現在スポーツジャーナリストとして活躍しておられる増田明美さんをお招きしています。

山折　私はスポーツの中でマラソンが一番好きなのですが、選手の中で一番関心を持ち、最大のファンを自認しているのが増田さんです。最近、津波と地震の被害に遭ったタイに行き、マラソン大会を開いて、自分でも走ってきたそうですね。

増田　タイにはよく旅行に行っています。去年（二〇〇五年）の七月にもプーケットを旅したんですが、被災地をジョギングしていても、津波のつめ跡はもう感じられなかったんです。ところが、ホテルや店で聞くと「いや回復はしているのだが、特に日本からの観光客が減ってしまった」と言うんですね。それで、マラソンならその場所の元気さをPRできる。マラソン大会を開いて、たくさんの観光客、特に日本の方々に足を運んでいただいて、回復した様子を実際に見てもらおう。そう思いまして、一年間準備をし、今年六月十八日の実施につながったんです。

山折　あの津波でいろんな被害が出たわけですけれども、非常に印象に残ったのは、孤児になった子どもたちの絶望的な表情です。子どもたちの反応はいかがでしたか。

◇

増田　今回のプーケットマラソンにも五百四十名の小学生が集まってくれたんです。自分たちの家族はそれほど被害を受けていないという話でした。

山折　そうですか。マラソン大会をすると、子どもたちも参加してくるでしょうね。マラソンが元気のもとになるという話、本当にそのとおりだと思うんですけれども、増田さんは、なぜマラソンをする気になったのか。なぜ走るス

増田明美　山折哲雄

ポーツを選んだのでしょうか。

増田　マラソンは高校時代から始めました。中学生のときは軟式テニスをやっていたんですが、なかなか芽が出なくて、郡大会に進むことすらできなかったんです。でも、テニスの練習がよかったんでしょうか。それと小学校まで片道二・五キロを通っていたので、足が鍛えられたようです。どうしてフルマラソンかというと、当時女子で一番長い距離は八百メートルだったんです。ところが、高校三年のときに三千メートル、五千メートル、一万メートル競技ができて、ロサンゼルス五輪では女子マラソンが正式種目になった。そういう時代のなかにいたので、私の参加する競技も八百メートル、三千メートル、五千メートル、一万メートルマラソンと、自然と距離が伸びていった感じなんです。自分でいうのも何なんですけれども、練習を通して、自分自身が成長できているな、すごく人として高められているなというふうに感じられるようになったのは、四十二・一九五キロを目指し始めてからでした。

山折　八百メートルや一万メートルと四十二・一九五キロとの間には、ものすごい壁があるでしょう。

増田　壁も壁、走る前から先輩方が怖いことを言うんですよね。まだハーフマラソンしか走っていない私に「いや、大変だよ。四十二・一九五キロって、語呂合わせで、シニイクカクゴ（死に行く覚悟）といわれるんだ」って。

山折　あぁ、いい言葉だ。

増田　いい言葉じゃないですよ。走るまで、とくに男子の先輩には「三十キロを過ぎたら、世界が黄色くなるんだ」とか、「四十キロを過ぎたら、足がもう止まって動かなくなるんだ」と、そんなことばかり言われていました。

◇

山折　比叡山に千日回峰行という、おそらく日本で最も困難な難行苦行といわれている修行がありますす。毎日山中を歩き、礼拝するのですが、その距離が平均四十キロです。

増田　毎日ですか。それはきついですね。

山折　回峰の姿を一日だけ追いかけたことがあるんですが、ほとんど谷から森へ、森から林の中へ、鳥が飛んでいるような感じでしたね。

増田　鳥が飛んでいるような。

山折　もちろんマラソンの場合には、そこに至るまで連日の練習がある。千日回峰行と非常に似ているところがあるわけですね。四十二キロを走るときには心理的にも体の状態も刻々変わるでしょう。

増田　千日回峰行のほうがすごいと思いますよ。というのは、私たち四十キロ走という練習をしますが、毎日ではない。一回四十キロ走をやると、二日ぐらいは少し軽めの練習で疲れを取るんです。ですから、それを毎日続ける千日回峰行って改めてすごいと思いました。

走っていると、禅の世界に入っているみたいになるんです。長い距離は、それだけ自分に向き合う時間が増えてきますよね。二時間、三時間ずっと向き合えるので、自分自身を見つめられるというか、内観する時間がすごく多かったような気がします。自分のわがままさ、人への接し方を反省したり。

◇

## ◆プレッシャー支えてくれた母親の存在

山折　増田さんは自分の心身をコントロールするために、相当厳しく食事制限などされていますよね。

増田　食事制限する必要はなかったんですけどね。マラソンで金メダルを取った高橋尚子さんや野口みずきさんを見ていても、驚くぐらい食べます。マラソンは、本当は食べたほうがいい、食べた分だけいい筋肉がつくれるからだということなんですけども。

山折　減量神話みたいなものがあったわけです

増田明美　山折哲雄

ね。

増田　あったんです。二度目のマラソンだった大阪国際女子マラソンのとき、十四・七キロで倒れてしまったのは、栄養失調が原因といわれたんです。しなくてもいい減量をしたという反省点はありました。

山折　しかし、増田さんの走るスタイルで印象に残っているのは、軽やかに、飛ぶように走っているという感じですね。マラソン選手の中で、そういう走り方をする人は必ずしも多くないですよね。

増田　足をしっかりと広げるストライド走法でしたからね。あのころはなかなかきれいなフォームだったなと自分でも思います。

山折　禅の世界に入っているような感じと言われましたが、走っているときは非常に孤独ですよね。たった一人で走っていく。相手は誰もいない。自分の心を見つめる以外にない。それが十キロ、二十キロ、三十キロとなると、今度は

◇

苦しさが加わってくる。その中でやっぱり誰かに頼りたいと思うようになるんじゃないかと思います。

例えば、四国八十八か所でお遍路をする人々は、たった一人だけれども、空海さんが自分を守ってくれているというので、同行二人という。一人で歩いても二人という言い方をして、自らを慰めているんですが、自らを励ましたり慰めたりしてくれるものは何かありましたか。

増田　一人で走っているときには、影を道連れにしたときもありましたけれども、何が支えだったかというと、ゴールしたときの「やったんだぁ」という喜びや満足感。あれほどのものは、やはりマラソン以外では味わえません。三十キロを過ぎてトップを走っているときには、あしたの新聞に「増田明美」という大きな見出しが躍っているんじゃないかと考えたり。

山折　そうすると、影との二人三脚から勝利の女神との二人三脚ということになるのかな。

増田　あぁ、すてき。だから、女神がいるときには強かったんですよ。

山折　すばらしい走りをして、国内のいろいろなレースで最高時間を塗り替える。そして最後はロサンゼルス五輪だというときの重圧はすごかったでしょうね。

増田　そうですね。いまのようにたくさんライバルがいて、日本代表になるのがまずは一番大変なんだということならまた違ったんでしょうけども、層は厚くなかったし、ずっと記録をつくり続けていて、ロサンゼルス五輪の前の年には、ノルウェーのオスロで開かれたハーフマラソン大会に出て、翌年の五輪でマラソンの優勝候補になる四人のなかで三番になったんですよ。関係者の方々は「これは、五輪で相当いいところまで行く」と期待したし、私も自分を過大評価してしまった。それが五輪直前にプレッシャーになりましたね。

山折　そのとき、相談相手になり、また励ましてくれるお母さんの存在は大きかったんじゃないですか。

増田　そのころは恋人もいませんし、本当に相談相手といったら、やはり母親だったんですね。あまりにもロサンゼルス五輪の前に調子が悪かった。でも期待はされているから、壮行会をたくさん開いていただき、みなさんから「頑張って。頑張って」と何度も言われました。でも、幼かったんでしょうね。もう「頑張って」という声は聞きたくないと思って、当時所属していた川崎製鉄主催の壮行会をすっぽかしたこともありました。帰る場所は千葉の実家しかなくて、ずっと母親と一緒に自分の部屋で過ごしましたけど、そのときは本当に母親の存在をありがたいと思いました。

◇

## ◆「元気になりたい」、米国へ陸上留学

山折　そして、ロサンゼルスですね。五輪のレ

増田明美　山折哲雄

ースについてお話しいただけますか。

増田　一緒に合宿をしていた宗兄弟から、「調子が悪いんだから、欲張ったレースとか、かっこつけるようなレースはしないように」と言われていたんです。でも、それができなかった。本番では、日本記録を作ったときのように先頭を走り、行けるだけ行くという私のマラソンをしてしまったんです。

四キロ地点で大きな集団に追いつかれて抜かれてしまい、徐々に差ができていきました。それでも、「あれだけ練習したんだから、頑張らなきゃ」と、しばらくは走りましたが、九キロ地点ぐらいで同じ日本代表の佐々木七恵さんに抜かれてしまったんです。これが一番こたえました。本当は同じチームの一員としてお互い励まし合わなければいけないのに、弱い自分がどんどん現れてきて、十キロを超えてからは「かっこ悪いなあ」という惨めな気持ちと闘いながら走っていましたが、十六キロ地点で足が止まってしまいました。

山折　あのときのレースは見ていましたね。この後、増田明美というランナーはどうなるんだろうかと思いました。五、六年前、増田さんのマラソン人生を描いたNHKのテレビ番組で、増田さんが自分の人生を振り返り、どうして立ち直ったかを静かに語る姿を見て、いつか直接、話を聞きたいと思っていたんですが、失敗、挫折から立ち直るまでの人生はすごかっただろうと思います。

◇

増田　ロサンゼルス五輪の後、「元気になりたい」と思って、アメリカのオレゴン州に二年間、陸上留学をしました。そのときのコーチがブラジル人のルイーズ・オリベイラさんで、いい影響を受けました。私が変わることが出来たのは、ルイーズさんの「よい結果というのは、自分が生きていてハッピーだと思えるときに生まれるんだよ」という言葉のおかげです。

五輪前の私は、走る前からよい結果を出すことだけを考えていました。だから結果が悪いともう駄目で、弱い自分が出てきて足が止まってしまっていた。「ハッピーなときに、よい結果が出る」と気づかせてくれた日々というのは、私自身が大きく変わった時期だったんですね。

## ◆スポーツライターへ転身

山折　それらの試練や経験を経て、転身されるわけですね。第二の人生について教えてください。

増田　競技を終わった後のことですね。

山折　次の生きる道ですね。

増田　生きる道ね。私、大舞台では結果を残せなくても、日本記録も作っていたし、普通なら引退した後、学校や企業から「指導してほしい」と話があるかと思ったんです。ところが、まったくそういう声がなかったんですよ。

山折　それはおもしろい。

増田　そうなんです。でも、私にできることといったら、いままでやってきたことを生かすことしかない。減量して失敗したことや、大舞台で駄目だったことの分析などを後輩たちに伝えるため、現場で指導するのが駄目なら、書くという方法があるじゃないかと思いました。それで、競技生活の疲れを癒しながら書けばいいと思ったときに、ちょっと光が見えたんです。それがスポーツライターという道でした。

山折　書くことは好きだったんですね。

増田　幼稚園児の作文みたいなんですけれども、大好きで。でも、これには一つ理由がありまして、子どものとき早口でおしゃべりで、それで高校まで来ちゃいまして、高校の先生に最初に言われたのは「強くなりたかったら、口を閉じろ。しゃべるな」。

山折　チャックをしろ。

増田　チャックをしろって、どうしてかというと、しゃべるということほどエネルギーを使う

◇

ことはない。中にためておいて、本番の大会でエネルギーを出しなさい、と。その分、これも先生にアドバイスされたんですけども、練習日誌というのがありまして、そこに毎日書いていました。書くことが習慣になっていましたので、いままでやってきたことを書くことから始めようと思ったんです。

山折　おしゃべりというのは言いたいことがたくさんあるということ。それが書くことへつながっていったんでしょうね。

増田　私がラッキーだったのは、書き始めたら、テレビやラジオの制作の方とご一緒する機会が増えたこと。テレビの仕事はなかったんですが、ラジオの制作の方に興味を持っていただいて、「声もラジオ向きだ」というので、いろいろとラジオの仕事が入るようになりました。

## ◆私を試す言葉で挫折から立ち直る

**司会**　引退を決意されたのも、一九九二年の大阪国際女子マラソンでしたし、増田さんにとって大阪は、一つのターニングポイントになっていますね。

**増田**　本当に、人生の節目節目に大阪国際があったんです。一回目（八三年）は私の全盛期でした。なのに栄養失調で十四・七キロで棄権しました。競技をやめようかとも思いましたが、宗兄弟と一緒に合宿してから「大阪で五輪切符をつかみたい」と再び意欲がわき、翌年も走ったんです。

そしたら、ここにドラマがありましてね。大阪はグラウンドを四周してからロードに出るんですが、スタート後、まだ二周しか走っていない私に、スタンド席から「ますだー、帰ってこいよ」と言ってくれる人がいるんです。もうずっこけちゃったんですが、でも、なにかうれしくて、「帰ってくるよ」と返事をして出ていきました。前の年に倒れた地点でも「去年とは違う」と思えましたし、全体では二位でしたが、日本人では一位だったから五輪代表に選ばれたんです。で、まだ大阪の思い出はあるんです。

**山折**　ほお。

**増田**　ロサンゼルス五輪が終わってからアメリカに留学し、元気を取り戻して帰ってきましたが、マラソンは怖くて、四年間ほど走ることができなくなってしまっていたんです。でも、私のスタートは、棄権で終わっているマラソンなんで、ゴールしてこそ本当のスタートが切れるんだ。マラソンランナーというよりも、人間として私自身の人生の再スタートを切りたい。それにはやっぱり大阪だと思って、八八年の大阪国際女子マラソンに出場したんです。ビリでもいい。完走することがスタートになるんだと思って。大阪の方って、阪神の応援を見ていても、すごく情に厚い応援をされますよね。

◇

山折　そうですよ。厳しい温かさといったらいいのかな。

増田　そう、厳しい温かさ。ところが、第二集団から落ちて第三集団を走っていると、二十七キロ地点でしょうか、沿道から男性の太い声で「まだー、おまえの時代は終わったんや」って言われて。あれだけゴールがスタートだと決意していた私でしたが、その瞬間、足が止まってしまいました。

山折　その声はちょっとひどすぎるね。

増田　あのときに自分が試されたんだと思います。あの後、どうやって逃げて帰ろうかと思いながら百メートルぐらい歩いてしまいましたけれども、そこで負けることなく、ちゃんと長居競技場に戻ることができて、涙が止まりませんでした。あの声がなかったら、泣かなかったと思います。それだけ、ああいうふうに私を試してくれる言葉があったから、本当の意味でスタートを切ることができたんだなと思えました。そのとき、本当の意味で、ロサンゼルス五輪の挫折から立ち直ることができたのかもしれません。

山折　そういうさまざまな体験、悲劇的なドラマといってもいいかもしれないが、それがあったから、実に懐の深い、温かいスポーツライターになられたんだと思いますよ。

増田　ありがとうございます。

◇

司会　よく練習も見に行って、一人ひとりの選手をすごく観察されていますよね。増田さんのマラソン解説をうかがっていると、そのあたりがこれまでの解説者と違う。

増田　私自身、マラソンは十二回ぐらいしか走っていなくて、マラソンというものを知らずに終わってしまったところがあるんです。だけども、名監督といわれる人に会っていると、本当にマラソンがよくわかってきた。いまがマラソンを理解している時間ですね。取材をするのがとても楽しくて、そういう中で書かせていただいています。

司会　これからについて、おうかがいしたいんですけれど、ご結婚もされ、いまはご自身が走ること以外に、一般の方に指導をしたり、障害者のためのマラソン大会を始めたり、いろいろ社会的に意義のあることをやっていらっしゃいますね。

増田　マラソンというのはすごく可能性があるスポーツだと思うんですね。生活習慣病が心配な方々にとっては、軽いジョギングなど、予防として体にいいと思うんです。楽しく楽しくということを意識しながら、体を弾ませることができるのがジョギングだということをどんどん広めていきたいと思っています。それから、一緒にいい風に当たろうよという趣旨で、障害を持つ人たちと一緒に走る大会をつくっています。「ゆきわり走」という大会です。

山折　ゆきわり走ね。

増田　駅伝は競争ですけども、これは一歩ずつ前へ進みましょうということ。一緒に走っていて、私にとってはすごく学べる場所なんです。三年ほど前、八丈島で島の子どもたちと一緒に走っていたら、脳性マヒの女の子が、車いすで三キロぐらい走ったんですけれども、ゴール前に太鼓の音が聞こえて、「みんな待ってくれているから」と言って、車いすから降りて歩こうとするんです。サポートしてあげないと歩けないんですが、それでも最後の百メートルぐらいを、本当にゆっくりとした、小さな一歩なんですが、自分で歩いたんです。

◇

それまでは「自分の歩幅でいいですよ。一歩一歩前に進みましょう」と、当たり前のように一歩一歩と言ってきたんですけれども、一歩というのは、本当に大事な大事な一歩だということがわかった。そういう瞬間がたくさんあるんです。私にとっても豊かな時間なので、これからも「ゆきわり走」はずっと続けていきたいと思っています。

## ◆心の支えは『宮本武蔵』

質問　読売新聞の「本と私」という記事に増田さんが「心の支えは『宮本武蔵』」ということを書かれていましたが、もう少し詳しく聞かせて下さい。

増田　高校時代に小説『宮本武蔵』と出会わなければ、私は頑張り切れなかったと思います。読むといつも「人間が成長できるのは、苦しい道を歩んでいるからだ。その結果として人として成長ができるんだ」といわれているようで、支えにしていました。

質問　本番で自分の実力を出し切れる人と、できない人がいます。その違いはどこから来るのだと思われますか。

増田　本番で力を出し切れるのは、スタートするのが楽しみで仕方ない人なんです。野口みずきさんや高橋尚子さんがそうでした。二人には、練習でやるだけのことはやったのだから競技を楽しもうという気持ちでスタートの合図を待っている点が、共通していました。

彼女たちに限らず活躍する人に共通しているのは、何より試合が楽しみだということです。五輪なら、テレビ中継はあるし、沿道には人がいっぱいいる。あの舞台に立てるのがうれしくて仕方がない。そういう選手が強いですね。

◇

（二〇〇六年六月二十五日、大阪・大槻能楽堂）

19

# 人は生きる力持っている
# 自然塾、社会の要望実践

山折哲雄
小野田寛郎

# 小野田寛郎

（おのだ・ひろお）　財団法人小野田自然塾理事長。一九二二年和歌山県生まれ。終戦後、フィリピン・ルバング島で三十年間戦い続け、七四年に帰国。その後、ブラジルで牧場を経営しながら、八四年から青少年育成のための自然塾を開校。二〇〇四年、ブラジル・マットグロッソ州名誉州民に選ばれる。社会教育功労賞、藍綬褒章など受章。

## ◆もっと子どもたくましく

**司会**　財団法人小野田自然塾の理事長をしておられる小野田寛郎さんをゲストにお迎えしました。きょうはいつもと趣を変え、まず最初にフィリピン・ルバング島での体験や自然塾について小野田さんにご講演いただきます。

**小野田**　ルバング島の戦場に行ったのは六十二年前になります。日本は一方的に押され、非常に切迫した時期でした。私は元陸軍少尉に違いないのですが、実は情報員で、階級はあっても軍服を着るわけじゃない。どんな形で仕事をするかは、その場その場の状況によります。従って、マニラに行ってもアロハ姿だった。もちろんピストルや手榴弾《しゅりゅうだん》は自衛のために持っていますが、あるいは単独勤務で部下を持っていないということも特徴の一つです。そこで、「敵が上陸し、日本軍が全滅した後も島で生き残れ」と命令を受けて島に渡った。終戦になったけれども、任務解除の命令が届かなかったため戦い続けた。

五年後、マニラ周辺で船や飛行機の動きが非常に盛んになります。いよいよ日本の反撃が始まったと思ったんですが、これは朝鮮戦争。そして、またにぎやかになり、今度はベトナム戦争です。どんどんエスカレートして、頭の上を二十機、五十機と戦略爆撃機が毎日のように飛ぶようになります。いよいよ友軍が大陸からベトナムのほうまで勢力を伸ばしてきたのではないかと、これを日本の戦争のように誤認したわけです。私は命令に従って戦い続けたのだが、いわゆる錯誤、間違いが次から次へ重なって、三十年にもなったというわけです。

◇

一番最初に考えなければいけないのは食料でした。これから何十年かもしれないといえば、細々と食べているわけにはいきません。自分の健康を常に百パーセント維持したい。そこで最初に狙ったのは放牧されている牛です。銃で射

小野田寛郎　山折哲雄

殺し、肉を山奥へ五、六時間かけて担ぎ込む。火を燃やして徹夜で腐らないように水分を抜いていく。いろいろ試行錯誤をしながら、一枚が百五十グラムぐらいの肉の乾燥に成功しました。一体どのぐらい肉を食べたのか、計算してみますと、年に六、七回獲って、年間二百五十キロぐらいの肉を食べたことになる。あらかたの栄養を肉で取っていたような気がします。

でも、そればかりというわけにはいかず、山すそのバナナを取って食べました。バナナは青いのをそのまま輪切りにして煮る。ところが、皮と実の間が苦い。その苦みをごまかすために、ヤシのミルクを絞りました。これは島の至るところにあって、取るのは一番簡単なんですけれども、一個分のミルクを飲むと、油が多いから下痢をしてしまう。半個ぐらいが適量です。肉、バナナ、ヤシ、この三つを混ぜ合わせて毎日食事をしました。

とにかく一番困ったのは雨で、逃げるところがない。洞窟や山小屋は、住民がよく知っているから、何かの弾みで発見されたらおしまいです。だから、ぬれるのを我慢して、小さなテントで頑張るわけですけど、特に怖いのは、風邪をひくことで、病気で死ぬようなことがあると死んでも死にきれない。何とか寒さに打ち勝ちたいと、ひとりでに出たのが冗談です。いわゆるユーモアでごまかすしかない。苦しいときに「ああ苦しい」では駄目なんです。むしろ逆療法で、ワッハッハと笑い飛ばすのが一番いい。

◇

雨が上がっても、地面はビショビショ。その上に寝るわけにいかないんで、「雨が下から降ってきた」と言って笑う。頭がいかれているんじゃないかと思われるかもしれないが、そうでも言わないと、「ああ、寒い」と首をすくめたら、本当に風邪をひいてしまう。

グルメなんて、ぜいたくなことは言えない。医者も薬もないんですから、まず健康でなければいけない。頭が痛いから、風邪をひいたからといって寝ちゃいられないんです。その時に敵に踏み込まれたらおしまいですから。だから、どんな敵の情況でも、食べるものは絶対遠慮しないという方針を立てました。

毎日、毎日、敵、敵、敵、敵で暮らしてきました。楽しいことなんか一日だってあるわけがありません。豚のように餌を食べ、けだもののように泥の上に寝て、雨に打たれて、惨めなとこの上なしなんですけど、それでも生き続けてきた。それが国のためである。あるいは自分の親、兄弟のためと思うから戦っていたんですね。同じ年代の特攻隊の方のことを思うと、私のほうは「生きろ」ですから、こんなありがたい命令はないと思うんですけども、とにかく毎日を緊張の連続で過ごしてきました。

帰ってきて、ブラジルで八年の間に牧場を軌道に乗せました。なぜ牧場なのかというと、私の三十年間の戦闘には、誰も証人がいません。「女のひもになって食っていたくせに、格好つけて出てきやがった」と言った人さえいるんです。だから、いままでやったことのない仕事をして、ちゃんと出来れば、「どこへ放り出されても食い抜けるぐらいの力がある男なんだな。ルバングでも食い抜けたんだろうな」と、三十年の裏付けになると思ったんです。自分の実力の証明であって、決して資本家になろうと思って牧場をつくったわけではありません。

◇

そのころ日本では（子どもが両親を殺した）金属バット事件が起こりました。なぜ、お父さんと衝突したのか。お互い十分意見を主張できなかったのか。それが駄目なら、家を出て肉体労働してでも食べられなかったのか。子どももっとたくましくなればと、思いついたのが自然塾です。塾を始めてもう二十三年になります。

「自然がなきゃ生きられない」「周りの人がいなきゃ生きられない」「わがまま言っちゃいけない」と、自然を通じていろんなことをやらせて、教えています。

小野田寛郎　山折哲雄

しかし、事態はどんどん悪くなっています。子どもが親を殺す。大の男が自分の欲望のために、いたいけな子どもを殺す。いったいどうなっているんだろう。戦争に負けたのはしようがないが、何もそこまで悪くならなくてもいいのではないかと思うんです。とにかく自由だ、権利だとだけ教えていて、自由の裏には責任がある、権利の反対側には義務がある、ということを教えないで来たからだと思います。

自由のためには、それだけの責任がある。権利を主張するなら、それに応じた義務があるんだということを自覚しないと、犯罪や不祥事はなくならない。ひいては、国家の存亡にかかわると考えているわけです。

## ◆「自然人」としての生き方、教える

司会　それでは、山折先生にいまのお話の感想も含め、お願いします。

山折　私は敗戦のときは旧制中学の二年でした。もちろん戦争の現場は知りません。勤労動員をしたぐらいのものです。そういう点では、小野田さんから一世代下になると思いますが、戦前の価値観、ものの考え方を、ある程度、共有できた世代です。にもかかわらず、我々は次の世代に向け、戦前の日本人のものの考え方、価値観、あるいは戦争がどういうものだったかを伝える役割を、あまり熱心にしてこなかった。もしかすると、それを放棄していたのかもしれない。そういう批判も受けている世代です。

日本は戦後六十年という時代を迎えています。その前半の三十年、小野田さんは、まさに戦争のただなかを生きてこられた。ところが、帰還されたとき、日本の社会は大きく変わってしまっていた。戦争時代のさまざまな記憶を否定的にとらえたということが一つあると思います。軍国主義の暗い思い出、東アジアの戦場における悲劇的な状況、広島、長崎の原爆被害、大き

く分けて三つの暗い体験というものが戦後三十年の日本人、社会に対して極めて大きな影響力をふるった。その結果、戦争とか戦場とか、その中で生き抜く、人間の運命というものに対する想像力、洞察力を奪ってしまったのではないか。私は最近、そういう反省をますます強く抱くようになりました。

さまざまな状況が重層的に絡まり合い、戦後の日本社会の唯一の価値観、倫理観は、軍国主義否定、戦争否定、平和万歳という時代になった。そういう日本の社会に、たった一人で生還される。そのとき、小野田さんを迎える社会、政府、政治家、そして一般の日本人には、生死をかけて三十年戦い続けた人間の運命、その人生の深層を深く理解しようとする態度がなかったと思います。そのことを小野田さんは直覚されたに違いない。わずか一年足らずでブラジルに移住されたのは、まさにそこにあったのではないかという気がします。

◇

この六十年の間で日本人のものの考え方、感じ方、価値観は大きく変化している。「これを何とかしなければならない」と、日本の社会、日本人は考え始めている。いま改めて小野田さんの戦争体験、ブラジル体験を、我々にとって必要な体験のように感じている。日本の社会がそう思い始めている。

そういうときに、小野田さんが福島県に自然塾をつくり、意欲的な若者たちに、自分一人だけで、あるいは文明の利器の恩恵なしに自力で生きていくにはどういうことが必要かを教えていることに非常に感銘を受けています。

いま、文部科学省をはじめとして「自然体験をしなければいけない」と言っているが、どう見ても手ぬるい。小野田さんは意欲的な子どもを集めて山の中で自炊をして、土の上に寝て、いわば「自然人」としての生き方とは何かを教えておられる。四、五年前からは「子どもたちだけでは駄目だ」「親も一緒に教育しなければ」

と親子塾に変えている。これも、いまの社会、教育界が切実に感じていることを最も鋭い形で実践されているのではないかと感じます。

私が驚いたのは、第一日目のキャンプ生活で真っ先に教えたことがナイフの使い方だということです。凶器であり、日本の教育界、親たちが一番避けようと思っているものです。それだけに、「自立して生きていくためには、まずナイフの使い方から教えなければならない」という教育方針は強烈でした。そういう教育にしなければいけないのだと痛感しました。

◇

## ◆ナイフを使って道具をつくる
## 真っ先に必要なもの

小野田　指先を使う、動かすということは、ものをつくり出す神経と密接な関係があるんだそうです。だから子どものうちからナイフを使って、竹とんぼでも何でも、道具をつくる。それが、いろいろものを組み合わせて考えられる頭になるんだと。ただ、「ナイフは危ない」というので、嫌がられます。

司会　やっぱりけがをして痛いという経験も大事ということなんですかね。

小野田　子どもには「こういう使い方をすると危ない」ということ、「目を離すな」ということを教えます。ナイフがないと火起こしもできない。道具をつくるといっても、ナイフがないと、どうにもならないんです。ウサギが転がっていても、どうして皮をむくのか。じゃ生で食べるのかといったら、やっぱり火を起こさなければ食べられない。一番先に必要なのはナイフだと思います。

山折　小野田さんの著書『君たち、どうする?』(新潮社)の中で書いておられるんですが、ナイフで生きものを殺すときに子どもが「どうして殺さなければいけないの」と質問してきたというんですね。これに、どう答えるのかが大きな問題です。「命を大切に」ということは一方であるわけですが、同時に人間、どうしても何かを殺して食べなければ生きていけない。これを説得的に教えることは非常に難しい。実践を通して、それが子どもにわかるように書かれています。

お釈迦さんでもキリスト教でも、「殺すな」とずっと言い続けているわけです。しかし、人類の歴史は残念ながら、その黄金律を裏切り続けてきた。殺さざるを得ない悲劇的な状況というものを、ずっと突きつけられている。矛盾です。そのジレンマがどういうものであるかということは、いま、教育の現場であまり真剣に教えていないという気がします。単に「殺すな」の代わりに「命を大切に」としか言わない。

しかし人間は、やっぱり「殺すな」と言われながら殺さざるを得ない悲しい存在なんだ。あるいは、そうしなければ生きていけないんだということを、ご自分の体験から、子どもたちにわかるように、ナイフを使って教育される。これは今日、日本の小・中・高の基本的な教科書の中でテキストにすべき文章だと思いますね。

**小野田**　手で捕まえたマスの腹を割くと、子どもから「かわいそう」と声が出る。「じゃあ魚を食べたことないの?」「人がやったのなら平気なの?」と言うと、子どもは詰まっちゃうんですね。「私たちは食べなければ生きられないでしょう。ほかのものの命をいただいているから、ご飯の時に『いただきます』と手を合わしてもおかしくないんじゃないの」と説明するんですけどね。かわいそうと思うのは本当に当然なんで、それを認めながら説得していく、説明してやるのが本当の育て方だと思うんです。

◇

**司会**　だからこそ「大切に残さないで食べろ」ということにもつながるんですね。

**小野田**　おにぎりだけ持って川へ行っていますから、自分で捕まえられない人、料理できない人は、おにぎりだけで我慢しなきゃいけないよ

小野田寛郎　山折哲雄

◇

と、少しはったりかけているんですけどね。

## ◆ジャングル生活は「神仏を尊び神仏に頼らず」

**司会**　事前に寄せられた質問で多かったのは「ジャングルの孤独な生活で、何が支えになったでしょう。小野田さんだけの信念、宗教がおありだったでしょうか」というものですが。

**小野田**　先ほど「命令があるから」と簡単に申しました。だけど、それだけじゃ、なかなか思い切れない。なぜ、その命令に従わなきゃいけないのかということなんです。何のためにやらなきゃいけないかをはっきりさせ、本当に納得したものでなければ、自分の目的にならないと思うんです。単に「国のためだ」という抽象的なことでなく、「どうして国のためになるのか」ということですね。私は非常に負けん気が強く、強情っぱりという性質がありましたが、やはり、

「みんなのため、国のため、命をかけてやらなきゃいけないときなんだ」と思ったからやったわけです。

あまり宗教心というのはないんですが、子どものうちから、二言目には「罰が当たるぞ」と脅かされているから、いまでも神様に手を合わせて、「罰が当たらないようしてください」と拝んでいます。戦争中も、年に一回、お正月だけは、山の一番奥までヤシと米と小豆を持っていって、祭壇をつくってお供えをして、手を合わせるんです。この一年、よくけがをせずに済んだ。よく弾が当たらなかった。考えても、なぜだか理由のわからないものがあって、この一年、生きてこられた。八百万《やおよろず》の神というんですか、すべてのものに対して「本当にありがとうございました」とお礼を申し上げた。

でも、「今年もよろしく」とは言ったことはない。宮本武蔵が「神仏を尊び神仏に頼らず」という言葉を書いているように、やはり敵と向かい合っているときに神頼みというわけにはいかなかった。すべてが自分にかかっている。私のようななまくらな人間でも、命がかかると、そういう心境になるのかと思いました。

司会　このあたりは山折先生のご専門でいらっしゃいます。

山折　これは専門とか何とかという問題を超えていますよね。極限的な状況に追い込まれたとき、その人間の心の支えになるものが何かというのは実に大きな問題です。長期間、心の支えになるものは何かというと、さまざまあるような気がします。きょう一日無事に生き抜いた。一か月、一年、無事に生き抜いた。自然に感謝の気持ちが出てきて、捧げ物をする。八百万の神々のようなものだと、日本人の神道的な考え方といってもいいかもしれません。天地万物に命が宿っている。毎日のように牛の肉を食べ、バナナを食べ、ヤシの実を食べ、そういう恵みによって何とか生き抜いたという感謝の気持ちが自然に出てくる。長期間孤独な生活を送ると、そういう平安な時間というのは、どうしても必要になってくると思います。

それが一神教的な世界のように、神とか、仏さん、釈迦如来とか大日如来ということには、なかなかならないだろうという気がします。もっと現実の生活に即した、一日をどう生き抜くかということが最大の関心事ですから。「神仏は尊ぶけれども、神仏に頼らず」という宮本武蔵の考え方は私も好きです。危機的な状況に身をさらしているときには、神も仏もないですよね。「神仏に頼らず」ということが実によくわかるような気がします。

大岡昇平さんの『俘虜記』にフィリピンの戦場での場面がある。草むらに隠れて銃を構えている。向こうからアメリカ兵がやってくる。銃を持っている。だんだん近づいてくる。至近距離に来たり、自分が発見されたりしたら引き金を引こうと待ち構える。ぎりぎりのところで、アメリカ兵が去り、引き金を引かずに済む。もう少し近づいてきて自分が発見されたとき、どうするかを避けているんです。ある意味で戦後の日本を象徴するんですね。ぎりぎりのところにおける人間のヒューマニズムの問題を象徴している。これは戦後の日本人の戦争体験の一つの性格だろうと私は思っています。

小野田さんはそうではない。殺すか殺されるかという危機的な状況は日常的だったし、場合によっては近づいて来て発砲し、殺し、そして仲間が殺されている。そういう場面に踏み込んで書かれた戦後文学というのはなかったと思いますね。

◇

## ◆私たちは生きるように生まれてきた

小野田　人間は、人を殺すようにできていません。戦争であっても、むやみやたらと相手を殺して、自分たちが楽になるわけじゃない。我々は弱いので、相手を射殺したからといって大いばりでいられるわけじゃない。後で殺されることがわかっているから、すぐまた退去しなきゃいけない。逃げるのが大変だから、出来れば撃ちたくない。

司会　親が子どもを殺したり、子どもが親を殺したり、常識では考えられない事件が毎日のように起きる世の中をどう見ておられるのかという質問もありました。

小野田　いわゆる恥の文化というんでしょうか、昔は何かというと「親の顔を見たい」と言われたもんですけど、このごろは、あまりそういうことが言われなくなった。「子どもは子ども、親は親」と。結局、権利と自由だけが大手を振ってまかり通ってしまったためにそうなったんじゃないかと思う。「人間一人じゃ生きられないんだ」と申しましたけど、そこが根本的にわかってないから、勝手なことを言っているんじゃないか。

山折　いま、日本の社会では、ライフスタイルが乱れてしまっている。早く寝て、早く起きて、朝のおいしい空気を吸って、ごはんを食べる。自然にあいさつの言葉が出るようになると思います。基本的なライフスタイルを教える家庭が非常に少なくなり、それを学校に預けようとしている。これは親の責任ですね。

司会　最後の質問は、失礼ながらお年にもかかわらず、常にアグレッシブな行動力と若く柔軟な考え方を持っている、その源泉は何でしょうかというものです。

◇

小野田　私は子どものうち出来が悪いものですから、親によく口答えをしました。そうすると「生まれてきてそんなに不平があるんだったら死ねばよろしい」「お母さん、止めないからね」と突っぱねられました。そして、その次に出た言葉が「この意気地なし」です。やはり生まれてきた限りは意気地はあるはずで、生きなければいけないんですよね。

「何か自分でやりたいことがあるから生まれてきたんだ」と母親は言うんです。「お前がお腹の中で、世の中へ出て大いに振る舞いたいというから生んであげた」と言うんですけど、そんなことを言った覚えはない。すると、「じゃあ生まれてきて、お乳を飲んだのを知っているのか」「おむつを替えてもらったのを知っているのか」と。とにかく、私はお腹の中でそう言ったんだそうです。うっかり生み損なうと死ぬ心配があるのに頑張って生んだ。それを何でいまさら弱音を吐くのかというんですね。

生まれた限りは、なぜ生きたいのか。何になりたいのか。もっと簡単に言えば、何が好きなのかです。自分の好きなことをやれるのが一番の生きがいになる。それを早く子どもたちに見つけさせたいと思うので、自然塾では、いろいろとけしかけています。

司会　最後に会場のみなさんに一言。

小野田　私たちは生きるように生まれてきている。また生きる能力を持っているということを信じていただきたいと思います。死ぬことを恐れたら百パーセントの力は出せません。「死ぬときは死ぬさ」と居直るほどの大きな気持ちで毎日を努力していただきたいと思うのです。

（二〇〇六年十月一日、大阪・大槻能楽堂）

◇

# 20 パリ公演 文化交流努めた江戸の信仰と密接な芸

山折哲雄
市川團十郎

# 市川團十郎

（いちかわ・だんじゅうろう）　歌舞伎俳優。一九四六年東京生まれ。五三年十月、市川夏雄を名乗り、初舞台。六代目新之助、十代目海老蔵を襲名後、八五年、歌舞伎座の三か月にわたる披露公演で十二代目團十郎を襲名。屋号・「成田屋」。ニューヨークでの襲名披露を含め、海外公演を多数経験。日本芸術院賞など受賞。

## ◆オペラ座公演、花道に難題

司会　ゲストは歌舞伎俳優の市川團十郎さんです。伝統ある歌舞伎の世界の中でも、市川團十郎という名跡は大変格式のある重い名跡といわれています。白血病で闘病生活を経験されましたが、昨年（二〇〇四年）五月、元気に舞台に復帰されました。このたびパリのオペラ座で五日間の公演をされ、一週間前に日本に帰って来られたばかりです。

團十郎　まだフランス帰りのホヤホヤで湯気が出ておりますので、そういったお話もできれば大変幸せだと思います。

山折　海老蔵時代からの実に魅力のある声、独特の深い声をそばで聞ける幸福に酔っているところです。

司会　それでは、オペラ座での公演の様子を先に紹介させていただきます。（スライドを見ながら）これがオペラ座の外観ですか。

團十郎　ガルニエという方がつくられた百年以上たつ劇場です。ミュージカル「オペラ座の怪人」ですと、地下に水路がある。あれは本当で、真ん中辺の下は井戸のように水がたまっています。

司会　歌舞伎公演は初めてですね。

團十郎　（新派の）川上貞奴《さだやっこ》さんがパリ万博（一九〇〇年）の時、「道成寺」を踊られたと聞いていますが、純然たる歌舞伎は初めてです。

司会　フランス語で口上を述べられたんですか。

團十郎　はい、大変なフランス語でしたけども、お陰さまで何とか無事にしゃべることができました。当人は意味がわかってないのに、お客さんが手をたたいてくださったり、笑ってくださったり。不思議な体験をいたしました。

司会　トークショーもされたとか。

團十郎　九代目團十郎の残した「紅葉狩」の映画と、小津安二郎監督が撮った六代目（尾上）菊五郎の「鏡獅子」を映画博物館で上映して、

◇

市川團十郎　山折哲雄

客席の質問に答えました。その二日前には、市川亀治郎君と藤間勘十郎さんが、オペラ座のダンサーとワークショップをしました。舞台が休みの日にも、一生懸命、文化交流をさせていただきました。

山折　オペラ座で公演した「勧進帳」についてですが、花道をつくることができなかったということですね。そこで、新しい演出のやりかたが出てくるわけですが、最後、六方《ろっぽう》を踏んで舞台を去って行く場面はどうされたのですか。

團十郎　いまの歌舞伎は、花道というものが絶対必要条件になっています。ただ、ガルニエというオペラ座の興行形態は日本と違っていて、野球場のバックネット裏のように、客席が年間契約になっています。花道を作ると多数の席が使えなくなる。「思い切ってやめましょう」と決めて、代わりにオーケストラボックスの部分を前舞台に、と考えました。ところが、これが簡単なようで難しい作業なんです。というのは、ガルニエの舞台は五パーセントの傾斜になっています。五パーセントというのは十メートル行って五十センチ上がるという勾配で、これは結構、急な坂なんです。本当に真っすぐ立てないぐらい急なわけです。それを調節しながら、前舞台をつくるというのは大変な作業で、大道具さんが何回も足を運んで、難題を解決してくれました。

（長男の）海老蔵は花道がないなら客席にと、真ん中にある通路を使う演出にしました。私は舞台上手《かみて》から前舞台を通って御幕《おまく》へ引っ込むという形をとりました。

◇

## ◆フランス人驚く「詰め寄り」の場面

山折　六方で舞台を去って行くとき、弁慶の真横を見せるわけですね。そのイメージは、従来の伝統的な花道を去って行くときの弁慶の姿とまた違った印象を観客に与えたと思います。最近、武道で再評価されはじめた右手右足を同時に出す歩き方、「ナンバ歩き」はフランス人にどんな印象を与えたでしょうか。

團十郎　フランスの方に説明する機会はなかったんですが、ナンバの歩き方というのは、武道では切っても切れない歩き方で、例えば西洋でもフェンシングはナンバなんです。右手右足で出て行く。やはり武器を持つ。あるいは戦う。階段を駆け上る。ナンバのほうがはるかに得だし、消費カロリーも少ないと聞いています。

山折　ナンバという言葉も、南蛮から来たという説と、ここは浪速なので大阪の歩き方と関連があるという俗説もあるようですけど、それはそれとして、「勧進帳」のハイライトは、山伏に扮《ふん》して安宅の関に来た義経主従が関守の富樫《とがし》に見とがめられ、その疑いを晴らすために弁慶が勧進帳を読む場面です。実際には、何も書かれていない。勧進帳をのぞき見しようとする富樫、隠すような、隠さないような微妙な所作の

◇

弁慶。いろんな読み取り方が可能なような気がするんですけれども。

團十郎　「それつらつらとおもんみれば」というせりふの中で、どうしようかという心の葛藤を謡《うたい》ふうに歌い、発しながら考えてという場面があります。ここは、わざと見せたり隠したりとか、わざと余計に見たり何となく見たりとか、いろんな形がある。見なければおかしいという考え方と見なくてもいいんじゃないかという考え方、二通りありますが、弁慶は「見られても、見られなくてもいい」という心境だと私は思います。富樫も「見られれば見たい」けど、あえて見ようとはしない。この二つがやはり大事です。「わざと見せる」のでは弁慶という人物が小さくなりますし、見られたから「何するんだい」と隠すのも小学生みたいになる。見られても見られなくても、何をするんだ、俺はこうなんだということを主張するのが弁慶だし、その場面の意味合いだと私は解釈しています。その

上でお互いの教養を認め合って、その人間性の高さにほれこんで、富樫が義経主従を逃がすというのが大前提だと思っています。

もう一つ、フランス人がびっくりしたのは、その後の「詰め寄り」というところ。弁慶が義経を打擲《ちょうちゃく》する、万感の思いを込めてたたくわけですけども、あちらでは、家来が王を殴ることは絶対にない、どんなことがあっても服従するという。いや、そうじゃない、義経をたたくつらさが弁慶にはある、そのつらさを感じた富樫が逃してあげるんですと説明したのですが、むしろ日本のほうが殿様をひっぱたくなんてことはあり得ないと思ってましたので、逆に私がカルチャーショックを受けました。

## ◆神仏に手合わすこと、自然に息子も

山折　成田屋・市川團十郎宗家の歌舞伎道というか、いろいろな芸についての言い伝え、師匠が弟子、父親が子どもに芸を伝えていくときのさまざまな口伝はたくさんあると思います。私が一番関心を持ったのは、市川宗家には神仏の加護のもと、舞台を務める伝統があること。舞台の際、先祖、神仏にお参りすることです。

團十郎　父がそうしていたので、私も見よう見まねで始めました。私がやると、せがれもやる。普段そんな雰囲気は全くない人間ですが。「理由は」と聞いても、彼に正確に答えられるかどうかはわからないと思いますけれども、やはり親がやっていたことを子が見習って、それをまた真似するというのは大事なことだと思っています。

◇

そのうちに「なぜ、そういうことをやるんだろう」と考えるようになります。「そもそも市川家の芸風とは何だろう」とも思い始める。そして、それが江戸の信仰と密接につながりながら発展してきたということを学びます。そうすると、先祖のやってきたことに対する敬意がだ

んだん増していく。市川家には英雄が「神のごとく荒れる」荒事芸《あらごと》がある。江戸時代初期の勧善懲悪精神に基づいていて、修験道、御霊信仰とも関係があります。そのうえに江戸の歌舞伎が成り立っていて、今日までつながってきたということがわかってくる。自然に、今度は理屈がわかりながら手を合わせるようになるのではないかと思っています。

**山折**　初代團十郎の時代から、市川宗家は不動信仰を大事にされてきたと言われています。不動は、片方の目が大きく、片方の目が半眼になっている。團十郎さんのご著書『歌舞伎十八番』では、こういう解釈をしています。開いている目は太陽を表している。半ば閉じようとしている目は月。それで宇宙全体を表現するんだ、ということで、役者としても片目を大きく開き、片目を少し細めるという意味のことをお書きになっています。果たして、そんなことができるのだろうかというのが私の疑問です。

**團十郎**　顔の表現としては、おっしゃる通り、日月、陰陽、世界観を表すわけです。それから、吸う息、吐く息の阿吽《あうん》で周囲を清める、仏教的な思想もあります。お気づきになりにくいでしょうが、足元を見ると親指をピーンと上げています。全身に力がみなぎったとき、あるいは人間が極限になったときに、ああいう姿になると聞いています。赤ちゃんがオギャーッと精いっぱい泣いているときとかですね。顔で宇宙観、陰陽を表し、息で阿吽、足で極限と、体全体でさまざまなことを表します。

◇

**司会**　さきほどの親から子へ芸が伝わるというところについてですが、親から子へと伝わりながら、子どもはその時代その時代の團十郎として、独特の個性ある演技をしていますよね。受け継がれている部分と新しくつくり出している部分、それがうまくミックスされているということなんでしょうか。

**團十郎**　そうです。私の場合には、十九のとき

◇

に父が没しましたので、まだ教わっていない役もかなり多かった。幸い、河原崎権十郎さんという市川家に大変ゆかりのある、また父の芸風を慕って、それを勉強したという方がいました。先代の権十郎さんですが、父からいろんな狂言を教えてもらっていましたので、そのお陰でこういう役者になれたといって、今度は私にそれを教えてくださいました。親から子へ直接教える場合もありますが、親が弟子に教えたものを、弟子が子に教えるというつながりもある。直接ではなくても、必ず間接的に教わっていくものがあるわけです。

山折　師匠から弟子へという関係の中に、父親から子どもへという血縁的な筋も分かちがたく結びついているわけですよね。これが、日本における伝統芸能の伝承のされ方、教え方の基本だという気がします。血縁と非血縁の両方の要素が含められている。そこに重層的な一子相伝というか、芸の伝承が出てくるんだろうと思います。
伝統芸能を伝えるという場合、「型の伝承」がしばしば言われます。これは能でも狂言でもそう、浄瑠璃、歌舞伎ももちろんそうなんですが、しかし同時に團十郎さんは、「魂の伝承」ということを強調されていますね。これは伝統芸能の中では異質の感じを受けるんです。「型の伝承」と同時に「魂の伝承」、師匠の魂の叫びを子どもに伝えるんだということですが、ここは意識的にそうお考えになっているわけでしょうか。

**團十郎**　「型」は、人間の心を最大限一番きれいな形で表現するものです。例えば日本人の場合には、「おはようございます」と頭を下げる。これがやはり自分の気持ちを相手に伝える一番いい表現である。それが型です。でも、ただ頭を下げて「おはようございます」というだけだと、心がついてこない。心から相手を敬うから頭を下げるということだと思います。

子どものうちは、それが一つの習慣になっていれば、裏づけは知らなくていいんだと思います。とにかく親がやることを真似させる。その意味合いがわからなくてもいい。でも、その裏にある精神はこうだということはいずれ教えなくちゃいけない。最初は意味もわからず練習する。でもいずれ、型を覚えた後では裏にある心を勉強しなければいけないと思っています。

舞台の型も、やはり人間が表現する上で一番最高の表現形態がこれだよというふうに教え、また教わる。その後に「なぜ」という言葉がついてくる。教わった人が「なぜ」を解明していけばいいのではないかと思っています。

◇

## ◆歌舞伎俳優の身体訓練　白血病乗り越えた

**山折**　そういう伝統的な歌舞伎の世界で苦労してこられて、これから大きな仕事を、というと

市川團十郎　山折哲雄

きに大病をされたわけですね。白血病という難病中の難病で苦しまれ、見事にそこから立ち直られた。

團十郎　二〇〇四年、海老蔵襲名という、せがれの大事な舞台の最中、宣告を受けまして、本当に晴天のへきれきでした。でも、お陰さまで、本当に体力があったお陰だと思います。一回治りまして、海外公演もして、その後、再発しました。最初は「風邪をひき直したようなもので、もう一回同じことをやればいいのかな」と思ったら、とんでもない。そんなことでは済まないということで、昨年（二〇〇六年）一月、自身の血液から幹細胞を採取する自家移殖をやりました。大量の抗がん剤を入れるのですが、私の場合は、幸い副作用がありませんでした。医学の進歩のお陰で、白血病が治った。医学の力と、それからやはり、この体力を与えてくれた父と母のお陰だと思っています。

山折　体力はもちろん、舞台のために鍛えられた歌舞伎俳優としての身体訓練が陰に陽に作用して、難病を乗り越えさせたのではないかとも思うんですけれども、いかがでしょうか。

團十郎　本当に役者というのはいい商売で、とにかく声を出す。動く。それから歌舞伎の場合には、一番重いもので体に六十キログらいのものをつけて動き回るということもします。非常に体にいいことばっかりやっています。

◇

ただ大変なのは、せりふを覚えること。これは本当にみんな苦労します。フランス語も大変な思いで覚えたんですけれども、役者からせりふを覚えるという苦労をなくしたら、こんないい商売はないんじゃないかと思います。

せりふを覚えることによって、頭の活性化も図られるんじゃないかと思いますけれども、現実は悔しいことに、せがれの海老蔵になると、フランス語だってもう何日間かで覚えちゃうんですよ。私なんか、一か月かかってもまだ駄目でしたから、若いっていいなと思いました。

でも、そういう覚えるという努力も、いろんなものに役に立っているのではないか。頭も使うし、腹式呼吸もするし、体も動かすし、本当にありがたい。好き勝手なことをやってお金までいただけるという、大変いい仕事じゃないかと思っております。

山折　要するに全身運動ですね。非常にバランスがとれた全身運動をしていくと、多少の病気は、いつの間にか消滅させることができるという状況もあるわけですね。せりふのことでいえば、これからの国際社会では、いろんな意味で言葉の壁をどう乗り越えるか、言葉の壁とどうつき合うかということが非常に大きな問題になってきます。私の印象では、團十郎さんの口上のフランス語は非常にフィットしていたと思いました。歌舞伎のせりふはフランス語と似合う。今後はまたニューヨークあたりで英語で挑戦されるようなこともあるんだろうと思います。これからの抱負はいかがですか。

◇

## ◆上方歌舞伎と江戸歌舞伎

團十郎　今回は世界最高峰の劇場、パリ・オペラ座「ガルニエ」でやらせていただきましたが、やはりこれからも多くの海外公演を目指したい。やはり文化の多様性というものがとても大切だと私は思っています。いまはグローバル社会で、インターネットなどで世界が一本化しやすい時代になっていますが、東洋のアジア大陸の一番東の端に、こういう文化がある、こういう環境で生まれた文化があるということを示していかなければいけないと思います。日本の能、文楽、あるいは歌舞伎を胸を張って世界に紹介していくのが大切な義務だと思っていますし、文化の多様性の大事さをぜひ歌舞伎を通して訴えていきたいと思っています。

山折　全く同感です。文化の多様性について一つだけ感想をうかがえればと思うんですが、日本の歌舞伎の将来にとって、上方歌舞伎と江戸歌舞伎あるいは東京歌舞伎がどうなるかという問題です。

最近、上方では坂田藤十郎さんの新しい誕生がありました。まさに上方歌舞伎そのものを象徴する役者さんだと思います。その上方歌舞伎の一つの特徴が和事《わごと》、江戸歌舞伎が荒事だと言われているわけですけれども、私は、中村扇雀時代から藤十郎さんの舞台を拝見していて、体の所作、動き方の中にいつも人形を感じるんです。人形浄瑠璃の人形の動き、糸で操られる微妙な体の動き、その全体の姿をどうしても藤十郎さんの芸の中に見てしまう。これは、團十郎さんの演技ではほとんど感じないんです。

ということは、上方歌舞伎の本質は、もしかすると人形浄瑠璃の世界と非常に近い関係があるのではないか。それを今後、上方歌舞伎は追求していったほうがいいのか。追求することで上方歌舞伎の特殊性、つまり文化の多様性の一方の極を維持していったほうがいいのかどうかという問題です。もちろん、團十郎さんも和事の芝居をおやりになるし、もしかすると藤十郎さんと同じような芝居をされるのかもしれませんけれども、この点、いかがでしょうか。

◇

團十郎　大変難しい質問だと思います。坂田藤十郎さんとは、いろんなお話をさせていただいています。その中で、藤十郎さん自身、和事の根本は狂言にあるとおっしゃっています。狂言の滑稽さをベースにしながら、和事のつっころばしとか、いろんな役柄をやっている根本は狂言にあったんではないかとおっしゃっているのを聞いたことがあります。ただ、近松門左衛門の影響、人形浄瑠璃の影響は、やはり色濃く入っているのではないかと思います。

それから、関西歌舞伎と江戸歌舞伎の違いについて、もう一つじかにうかがっているのは、江戸歌舞伎には型があったが関西歌舞伎には実は型がないんだということでした。どういうことかというと、江戸のほうが前のやったとおりを割合になぞりやすい。関西のほうは、その場その場で工夫しなくちゃいけない。前と同じようにやりながら、ちょっと変えるというのが、一つの考え方だったとおっしゃっていました。

でも、実は長続きさせるには非常に難しい考え方だともおっしゃっていた。やはり型というものには、最高にでき上がったところ、頂点があるんです。それを越えようと思っても、なかなかできない。江戸の歌舞伎の場合には、頂点と思われることをそのままやる傾向があったんですけども、関西のほうは、頂点と見えるところをもう一つ越えようという努力があったと。

これは大変結構なことなんだけども、将棋でもどんどんいい手を指して、もうこれ以上動かしちゃいけないという最高の形に到達する。今度、それを何とかしようとすると、一手動かすごとに悪い形になっていくというのがあるんですね。その辺のバランスが難しいと思います。

関西歌舞伎としても、新しい工夫は大事だけども、先人の型をもう少し繰り返す、真似ることが大事じゃないかと、これは私自身の意見というよりも、藤十郎さんの意見として聞いているということだけご紹介したいと思います。

◇

## ◆病気のとき
## 悔しさ、無念さでいっぱいに

**質問**　病気のときのお気持ちをお聞かせいただければ。

**團十郎**　本当に悔しい、残念無念という気持ちでいっぱいでした。でも、しばらくたって、こんなことを思いました。銀河系には二千億の星がある。人間の体には、それよりも多い六十兆の細胞がある。星の数よりはるかに多い細胞が私を助けようと思って一生懸命にやっている。自分のために働いている細胞のためにも元気にならなくちゃいけないな、という気持ちになりました。

質問　ぜひともフランス語の口上をお聞かせ願いたいんですけども。

團十郎　ガラス細工のようなフランス語でございまして、公演を終えてからしばらくしゃべってないんで、間違えるかもしれません。でも、やれるところまでちょっとやらせていただきます。

（フランス語で口上）

質問　大変素晴らしいフランス語で、海老蔵襲名のパリ公演のときよりお上手になられたのではないかと思いました。

團十郎　そうですか、メルシー・ボクー。

質問　おうかがいしたいと思ったのは、先ほどのオペラ座の公演をテレビで拝見したんですけども、三味線さんと長唄さんが、大阪松竹座ですと七丁七枚（七人・七人）でしたが、オペラ座では五丁五枚でした。音量的に十分だったのでしょうか。

團十郎　七丁七枚はあの劇場では並べられなかったんです。実は五丁五枚ではちょっと少なかったかなと思っていますが、何事も奇数で動く歌舞伎では、六丁六枚だと半端になりますので。音響的にはそんなに問題がなかったと聞いております。

◇

（二〇〇七年四月十四日、大阪・大槻能楽堂）

21

# 短歌　心を整理する回路
# 孤立無援の抒情は清冽

山折哲雄
道浦母都子

## 道浦母都子

（みちうら・もとこ）歌人。一九四七年和歌山県生まれ。八一年、歌集『無援の抒情』（岩波現代文庫）で現代歌人協会賞を受賞。歌集に『水憂』『ゆうすげ』『青みぞれ』（短歌研究社）、評論に『女歌の百年』（岩波書店）、小説に『花降り』（講談社）などがある。

## ◆最初の歌集『無援の抒情』五百部の自費出版

司会　きょうのゲストは歌人の道浦母都子さんです。久々に地元関西からお迎えしています。

山折　全共闘世代の歌人としばしば言われるんですけれども、日本を代表する歌人のお一人です。振幅のある、起伏の多い人生に重ねながら、歌人として、作家としてのお話を伺いたいと楽しみにして参りました。

道浦　全共闘歌人といわれるのが、私にはちょっと困ったなという面があります。その世代の一人であることは否定しませんが、人は生まれる時代を選べない。たまたま私が生きた青春がそういう時代であったということで。反対に、私の青春があの時代でなければ全く違う人生を生きていただろうと思いますし、あの時代に青春を生きたことがよかったと思えるような生き方をしたいと、いつも心がけています。

司会　山折先生から見た団塊の世代の印象はどういうものなんでしょうか。

山折　確かに、世代間の考え方の違いはさまざまな形であるわけですけれども、特に団塊の世代と我々の世代との間にできた亀裂は非常に深い感じがするんですね。それは何も団塊の世代だけの問題ではなくて、日本の戦後の歴史そのもの、あるいは戦前から戦後にかけての歴史に深くかかわっている。道浦さんが言われたように、我々は時代を選ぶことはできない。私もその点は全く同感です。

◇

ただ、『無援の抒情』を読んで感じるのは、青春を最も深く体験し、最も深く傷ついた人の言葉は、世代に関係なく、人の心を打つということですね。そういう点では、道浦さんを全共闘詩人、団塊の世代を代表する歌人であると限定するのはよくないと思います。

司会　『無援の抒情』は最初の歌集です。例えばスクラムとかジグザグ、ヘルメットなど、カ

道浦母都子　山折哲雄

タカナも飛び出してきて、私たちのイメージにあった短歌と違う世界を印象づけられた記憶があるんですけれど。

**山折**　やっぱり青春の時期、最大の普遍的なテーマは恋と革命です。恋と革命に心躍らせないような青春は本当の青春ではないとまで言っていいと思います。恋と革命の時代を真剣に生きると挫折を体験せざるを得ないし、挫折を通して悲劇的な人生に直面せざるを得ない。その体験が歌をつくらせ、小説を書かせ、文学の世界を生み出していく重要な母体になるのではないかと感じます。

**道浦**　私が大学生だったころは、テレビにベトナム戦争の生々しい映像が流れていました。貧弱な武器を持つはだしのベトナム解放戦線の兵士と、圧倒的な武力のあるアメリカ軍の戦闘が、直接お茶の間に飛び込んできて、戦争というものが目に見えるような状況でした。私も反戦デモに参加しましたが、ごく普通の学生なら、何かしなければならないと考え、私と同じような行動をとったのではないかと思っています。

それともう一つ、一九四七年から四九年生まれの団塊の世代は、戦場から生きて帰った男性と彼らを待ち続けた女性の間に生まれた命なんですよね。非戦というか、戦争は決してあってはならないという思い、何か目に見えないものが誕生の中に隠されていた世代じゃないかと私なりに解釈しています。

◇

**山折**　戦争の無残さという現実に触れ、それに対して抵抗し、抗議の声を上げる。その気持ちの底には熱いヒューマニズムの心があるわけですよね。そういうヒューマニズムから出た行動が無残に打ち砕かれてしまう。その中でだんだん孤立して一人になっていく。無援の状態になっていく。すがるような思いで愛が芽生えてくるといったようなところが、『無援の抒情』には実にビビッドに描かれている。その抒情の清冽さが多くの人々の心を打ったんだろうと思います。『無援の抒情』の抒情性は、詩歌が本来持っている抒情とつながるものではないか。この作品がいつまでも読み継がれているのは、それが理由ではないかと思います。

**道浦**　私は、子どものころから作文は好きだったのですが、作家や歌人になりたいという思いはあまりなかった。『無援の抒情』が生まれたのも、すべてが終わってからなんです。一九六九年の一月、東大の安田講堂で機動隊と学生が激しく衝突しましたけれども、そのときに私の中で何かが終わったという気がしたんですね。たぶん後から考えたら敗北感だったと思うんです。そのときにパッと出てきた歌が「炎上げ地に舞い落ちる赤旗に我が青春の落日を見る」というもので、何かそれを自分のものだけにしたくなくて、新聞に投稿したら活字になったのです。

私自身が逮捕、拘留されたこともあって、自分が理想としたことと、その後の落差があまりにも大きかったので、自分が自分でわからなくなったんですね。正しいと思っていたけれども、実は負の遺産を残してしまったことのほうが大きいのではないかと。そのときに、過去に時間軸を戻し、日記のように自分の心を整理する回路として短歌が機能し、十年かけて書いたのが『無援の抒情』です。

誰に見せるとか人に読んでもらうというのではなく、自費出版で五百部刷ったものが最初ですので、文庫になったり教科書に載せていただいたりする作品になるとは思っていませんでしたし、いまでも不思議な気がしています。

◇

## ◆政治的なテーマ、歌壇から反発

**山折**　なるほど、やはりそうですね。全共闘運動は一種の集団の運動でしたが、結局気がついたら一人になっていたという。恋と革命は常に人間を挫折、悲劇の彼方に押しやって一人にし

道浦母都子　山折哲雄

てしまう。無残な孤独の状態に押しやってしまう。その落差が非常に激しいところに詩の魂、歌のエネルギーは出てくるということを強く感じさせます。ただ、あの時代、無援の抒情ということを言う人はほとんどいなかった。全共闘運動は、むしろ伝統的な抒情性を否定する運動だったのではないでしょうか。

道浦　フェミニズム研究者の上野千鶴子さんは俳人でもあります。全共闘世代の中から、歌人の私と俳人の上野さんが出たのはなぜかを分析しようと、立教大学の先生がお書きになった論文があって、興味深く拝見しました。一人になって物事を突き詰めて考えたとき、日本人の心の基底にある短歌や俳句などの定型詩に行き着くのではないかと書かれていて、私もそういうことだったのかと改めて納得させられました。

山折　全共闘運動のころ、私は大学に勤めていましたが、学生の演説が全く心に響いてこなかった。何を言っているのかわからない。どうしてなんだろうと思っていたら、その演説の仕方が五五調なんですね。「我々は――」と、どこまでいっても五、五、五。そうだ、やっぱり日本人は『万葉集』以来、七五調か五七調のリズムに乗せて初めて心に届くんだと実感しました。全共闘運動は、そもそも七五調とか五七調という定型を否定する、ああいう美意識や感覚を否定する運動だったんだと思ったんですね。そういう状況の中で定型の歌をつくるのは、ものすごく困難な仕事だったのではないかと思いますが、短歌を詠むことにジレンマはありませんでしたか。

◇

道浦　歌壇の反発は非常に強かったですね。政治的なテーマを歌にするなんて、全く認められないと言われたこともありました。でも、文芸評論家の小田切秀雄さんをはじめ、外部の方が応援してくださって、理解者が増えていきました。それ以上にうれしかったのは、自費出版で五百部だけ出した第一歌集が版を重ね、読者の方からお手紙をたくさんいただいたこと。大半は私の両親の世代で、「息子や娘がなぜ政治活動に走ったのかと悩んできたけれど、あなたの歌を読んで初めてわかった」という感想を随分いただきました。段ボール二箱分ぐらいあって、いまだに大事にとっています。

**山折**　私は基本的に、歌というのは女性だ男性だとあまり区別して見ないほうがいいという立場をとっているつもりなんですが、女性歌人でなければ歌えないような世界があるわけですね。道浦さんの歌で感じたのは、乳房をよく主題にされていることです。日本の代表的な歌人の歌にも、しばしば乳房の歌が詠まれています。母性性、女性性、大地性といってもいいような伝統的なものを踏まえて、自覚的に受容されているのかなと思ったんですが、いかがでしょうか。

**道浦**　『乳房のうたの系譜』という本を書いたことがあります。和歌は伝統的に恋を女性の髪に託して詠んできたのですが、与謝野晶子の『みだれ髪』の中には恋を託した乳房の歌が三首あるんですね。私は日本の女性の恋歌の対象が、晶子を境に髪から乳房へ転換したと直感しました。私自身も髪より乳房の方が、女性の象徴として衝撃的だと思います。

◇

## ◆日本人に届く七五調リズム

**山折**　やがていろいろ多面的なお仕事をされる過程で、歌をつくれなくなった時期もあると聞いていますが。

**道浦**　実はまだ少し心の病気を持っていて、回復途上なんです。はっきり言って、うつ的な状況がここ六、七年、続いています。直接的なきっかけは九九年に母を亡くし、続いて義兄を亡くしたころ、今考えると、どうしてこんなにたくさん抱えていたんだと思うぐらい仕事をしていて、その量にも圧倒されたのか、ある日突然眠れなくなったんです。その後、だんだん食欲がなくなって、一か月のうちに何キロも痩せてしまった。心療内科で相談すると、「すぐにすべての仕事を辞めなさい」という。それ以来ずっと、歌を作ろうとすると心臓がドキドキしてしまうんです。歌の泉が枯渇してしまったのかもしれない。それとも現在必要とされる歌が、私が思っている本来の歌とは違ったものになってきたのかもしれない。これは、山折先生の『「歌」の精神史』を読んで気づいたのですが……。

山折　私は主治医の先生とは逆の〝診断〟をしてみたい。短歌の調べは、先ほども申しましたが五七調、七五調です。これは、もしかすると万葉より前、日本列島の風土が人間に育んだリズムだったかもしれない。単なる詩歌の調べだけでなく、日本列島に住む人間の生命のリズムだったと思うんですね。食事をする。労働をする。慰安の時間を過ごす。あるいは眠るときもその生命のリズムに乗って衣食住の生活をやってきた。そのリズムが瞬間的に途絶、失われてしまったところに生じた現象のように私は思うんです。道浦さんはその定型を守って歌を作り続けてきたが、思想的には全共闘世代の一人として、短歌的叙情の前近代性を否定する思いがあった。その葛藤が一種の失語症的な形で表れたのではないでしょうか。

◇

じゃどうしたらいいか。力強い七五調、五七調の調べは、姿勢を正して朗誦しなければ出てこない。姿勢を正すことと、それによって整えられる呼吸。この二つのバランスがとれるとき、初めて腹の底から歌の調べが出てくる。それが同時に、命の調べ、生活の調べである。これを、単に伝統的な価値観だとして否定する思いがどこかにあるとつらいですね。だから私なら「毎朝、姿勢を正し、呼吸を整えて、一時間ぐらい瞑想しなさい」と言ったかもしれません。

道浦　ありがとうございました。明日からやってみます。

山折　そういうジレンマにぶつかったとき、短歌をつくるのは難しいと思います。むしろ俳句なら、かえって慰めになるのかなと思いますけど。俳句だって五七調、七五調の調べに基づいているわけですけれども、自然との対し方が違う。自分を客観視して、自然と自分を同じスタンスで眺めるといった世界に近いですよね。

道浦　俳句にはいかなかったんですが、文章を書くのが好きでしたので、それは続けていました。エッセイはずっと書いていますし、エッセイを書く中で、「それ小説になりませんか」と言われて、二年間連載して一冊の長編小説にしたのもとても楽しい仕事でした。

どうして短歌だとつらくて、文章を書くのなら出来るのかと、ちょっと混乱しているところがあったんですけれども、歌の定型を楽しむことを忘れてしまっていたんだと思うんですね。突き詰めて突き詰めて、考えて考えて追求していくうえで、どこか体の中で無理が生じていたんだと思います。いま、一生懸命スイッチを戻そうとしている最中です。

## ◆難しい歌を……
## 都はるみさんから作詞の依頼

山折　小説を書いた感触はいかがでしたか。

道浦　短歌は言葉を捨てる作業です。たくさん言いたいことはあるし、たくさん言葉も出てくるんだけれども、三十一文字に削らなきゃいけない。文章を書いていると、おこがましい言い方なんですけど、筆が伸びる、自由に自分の腕が勝手に動いていって文章が続いていくという時間に出合うことがある。歌の場合はなかなかそういうことはないんです。たぶん、短歌は一人称で、書いたことすべてについて、私が実際に考えたりしていることだと思われるというおそれを持っていた。小説だと、あれは想像よと逃げられるところが、とても救いになったんじ

◇

◇

ゃないかと思います。
司会　あの小説は純愛がテーマですよね。道浦さんの理想の愛ということなんですか。
道浦　私たちの世代が持っていた一番良質の部分を恋愛という形で表現できないかなと思っていました。現在、私たちが目にする恋や愛はとても乱暴で、心を喪失したような恋愛が活字に描かれたり映画になったりしています。私たちの世代の一番ピュアな部分、五十代になっても変わらないものを描き出せないかと思って書いたものです。
司会　道浦さんは都はるみさんの歌の作詞もしていらっしゃいますね。『風の婚』という歌集がきっかけになったと伺っているんですが。
道浦　都はるみさんとの出会いは本当に不思議で、ある日、はるみさんのところにファンの方から、私の『風の婚』が届いて、この人に作詞をしてもらったら、はるみさんにふさわしい曲ができるのではないかという、とても丁寧な手紙が入っていたらしいんです。その後、日生劇場で一か月のロングラン公演をするときに、パンフレットに載せる対談を依頼され、私から見ると雲の上のような方なので、そのころまだ存命していた母に相談したら、はるみさんのファンですから、「こんなチャンスはないから、行きなさい」と。そうしたら同じ年齢ですし、意気投合しまして、大阪で一緒にお酒を飲んだり、おしゃべりしたりという関係になって、その後、頼まれたのが「邪宗門」というタイトルで詞をつくってくださいということでした。

何か、もっと美しい花の歌でも愛の歌でもつくりたかったんですけど、誰もが歌えない、聞かせる曲をつくりたいという注文。カラオケブームで素人でも歌える歌が全盛の時代に、あえてプロでなくては歌えない難しい歌を作ってほしいという依頼だったんです。それで出来たのが、七分何十秒という長い曲でした。

山折　せりふが入っていますか。

道浦　入ってません。

山折　入ってなくて七分ですか。

道浦　そう。

山折　はあ、これは長いなあ。

道浦　私も時々一人で旅をして、ホテルで寂しくなったりすると、カラオケルームに行って、自分で歌ってみるんですけど、難しいし長いので、途中でいつも挫折する大変な大曲です。

司会　もう一つの「枯木灘残照」もすごくいい歌ですよね。

◇

道浦　「枯木灘残照」は、はるみさんが作家の中上健次さんととても親しかったので、中上さんへの追悼の思いも込め、私の故郷でもある紀州を詠みました。これも難曲でヒットしませんでした。残念ですが……。

## ◆表現者として常に変わっていきたい

司会　『風の婚』に収められているのは、離婚を経験されたつらい時期の歌ですね。

道浦　『風の婚』を出すときはとても勇気がいりました。女性性を前面に出した歌集なので、『無援の抒情』の読者をがっかりさせそうで。でも、面はゆい言い方ですけれども、私も表現者として常に変わっていきたいという思いがありました。自分が女性として結婚し、それに終止符を打った。そのための記念の歌集なんだから、自分がいま目の前にしている事実を思いきって歌おうと。予想に反し、新たな読者の方も増えて、ありがたかった歌集です。

司会　山折先生は『夕駅』という歌集がお好きと伺っています。

山折　素晴らしいですね。『無援の抒情』以後の歌人としての世界を、非常に大きく膨らませて深みのある歌になっている。一首一首が傑作ぞろいです。それにも増して『夕駅』という名前のつけ方が素晴らしい。道浦さんがおつくりになった造語です。作家とはかくあるべしと思うくらい、いい名前だと思います。

道浦　四十代の後半、大阪に戻ってきて、一人でどう生きていくか模索していた時代です。四十代というのは少しずつ自分のたそがれが見えてくる時期なんですね。人生の残り時間が見えてきて、「四十代この先《さき》生きて何がある風に群れ咲くコスモスの花」という歌をすでにつくっていた。そういう時代の歌集です。

周りでいろんな人が亡くなったり、イラクの戦争があったり、阪神大震災があったり、世界的にも日本でもいろんなことがあったときで、自分も揺れているし、世界も揺れている。その中で自分はどう生きたらいいのかわからない。わからないままに時間は過ぎて、夕暮れの駅に近づいていく。そういう時間を生きているという思いからつけた言葉なんですけれども。
山折　道浦さんの場合はどうも二字の漢字が多いですね。そこに歌の特色がよくあらわれているような気もするんです。
道浦　歌の場合は凝縮が大事ですので、二字熟語や核になる言葉が一つあると、余白も含めて楽しめます。凝縮したものを提示し、想像力を膨らませるのはとても大事だという気がします。「水憂」、水の憂いという言葉も私の造語です。
司会　『花眼《かがん》の記』という歌日記の題も美しい。
道浦　二〇〇一年から〇二年に歌物語を連載して、『花眼の記』という本にまとめました。「花眼」は中国・唐代の詩の中に出てくる言葉で、実は老眼のことなんです。それを「花眼」になるという。ぼんやりとしか見えないということは、心の中で美しいものを想像できる。何もかもが美しく見えてくる。そういう年代になったことを、「老眼鏡が要るようになったわ」というより、「花眼の時期になったわ」といったほうが美しいんじゃないかという思いを込めて、『花眼の記』とつけたんです。

私、「地球に優しく」というのは、ちょっと人間が思い上がった言葉だと思うんです。自然に包まれ、自然に優しくされて、人間は生きてこられたわけですから。だから、名もない花も名前を覚えたい。名前を知らないと雑草だと思って踏んじゃうんですが、小さな花でも、これがキキョウ、これはハコベラと、それぞれ名前があると思えば、その花を踏めない。一つ一つが命の叫びを上げている。

いま、私は鳥の鳴き声で目が覚めます。人間と人間の間には空気があって、植物があって、鳥がある。そういう自然の中に柔らかく包まれて私たちは生きているんだということをもう一度認識することが、とても大事ではないかと思っています。

◇

道浦母都子　山折哲雄

## ◆自分の可能性どれだけ掘るか

質問　歌を詠む感性を磨くにはどうしたらいいでしょうか。

道浦　温泉と同じで、百メートル掘って温泉がわかない場所でも、千メートル掘ればわくことがあります。歌も自分の可能性をどれだけ掘るかという努力にかかっているのでは……。

質問　昨日も山折先生の講演を聞きに行きました。その中で先生は、司馬遼太郎さんが「宗教とは人間が野生化するのを止める文化的装置だ」と言われたとおっしゃったのですが、戦争も文化的装置の一種でしょうか。

山折　以前対談したとき、司馬さんと「人間は放っておくとどんどん野生化する。だから人間を飼いならすために宗教や学校、スポーツ、軍隊などの文化的装置がある」と話し合ったことがあります。ただ、これら全部が飼いならしの装置かというと少し問題があるかもしれません。

道浦　私は一生懸命短歌を作っていたときは、宗教は必要ないと思っていました。でも最近は命とは何か、自分とは何かなど、だれも答えられない問題が、宗教のレンズを通せば見えてくるのではないかと思っています。

山折　宗教や伝統的な美意識に否定的だった全共闘世代の人々が、定年を迎え、老いと病と、そして最終的には死をどう迎え入れるかという問題に直面するようになっていく。人間を超えた超越的な存在に、関心を持ち始める大きな時代の転換期が来ているのかもしれませんね。

◇

（二〇〇七年七月二十二日、大阪・大槻能楽堂）

22

# がん　不確実さと向き合う
# 毎日繰り返す死と再生

山折哲雄
岸本葉子

# 岸本葉子

（きしもと・ようこ）　エッセイスト。一九六一年鎌倉市生まれ。東京大学卒業後、生命保険会社勤務を経て、中国・北京に留学。『ぼんやり生きてはもったいない』（中公文庫）、『マンション買って部屋づくり』（文春文庫）など女性のひとり暮らしや旅、読書などを題材につづったエッセーなど著書多数。

## ◆がんに主導権渡したくない

司会　きょうはまた素晴らしいゲストをお迎えしています。エッセイストの岸本葉子さんです。二〇〇一年、四十歳のときに虫垂がんとわかって手術を受けられ、その体験を『がんから始まる』につづられました。それから五年たって昨年、『がんから五年』という本を書いておられます。

岸本　それまで全く健康でしたので本当に意外でした。手術をして最初の治療が終わってからが、病気と付き合う長い期間の始まりなんだと知り、心の健康をいかに保つかが大きな課題となりました。それまでは、何かをしようと思い、それに向かって努力する。意志と努力を大切に生きてきたんですけれども、意志や努力の及ばないことがあると実感し、そのあたりが私の課題の始まりでした。

山折　『がんから始まる』には非常に感銘を受けました。シングルライフを楽しんでおられた岸本さんが、突然がんを宣告される。いざ入院となった時の慌てようが、ユーモラスでもあり、猪突猛進型でもあり、それをじっと見つめているもう一人の自分がいるあたりに、エッセイストの本領があるんですね。

岸本　入院前に必ずしようと思ったのが、美容院へ行くことだったんです。生きるか死ぬかのときに髪の毛なんてどうでもいいではないかと突っ込みを入れる自分がいるんですけれども、一方で、いや、手術をしたらやつれるに違いないから、せめて髪の毛でもパーマをかけてふっくらさせておけば、そんなに病人ぽくならないんじゃないかと。生き死ににかかわる病気の前でも、どうでもよさそうなことを捨象《しゃしょう》してしまわないで、美容院に行ったりパジャマを買いにデパートに行ったりすることにこそ人間らしい姿があるのかなと思い、具体的に描写するよう心がけました。

◇

岸本葉子　山折哲雄

山折　そのあたり、男として、あるいは昭和一《ひと》ケタ世代としては理解のいかないところで、しかし面白く読ませていただいたんですが、闘病の世界について、もしかすると治らないかもしれないという厳しさやつらさ、驚きを非常に上手にお書きになっておられる。

岸本　できる治療は全部したけれども、治らない可能性がある。治りたい一心で、あちこち病院に行ったり、いろいろ検索したりして、必ず治るという情報を探そうとするんですが、見つからない。もともと存在しない情報を探し求めているんだということに、あるときから気づくんです。そうか、この病気の本質は、治るか治らないか、助かるか助からないか、生き延びられるかどうかわからない不確実さと向き合っていくことにあり、それががんの一番のヤマ場なんだと思いました。不確実というのはとても不安だけれど、同時に、生きてみなきゃわからないじゃないかという希望の生まれる余地もある。

◇

不確実さと、それの持つ多義性を感じました。

山折　出版されて、いろんな反響が寄せられたと思います。

岸本　やはり同じ病気の方からのお手紙が一番多かったですが、八十代の男性の手紙にとても励まされました。その方はがんも経験し、戦争中は何度も死線を越えた。「あなたは自分を信じていけばいいのです。命のある限り、力いっぱい生きていけばよいのです」という手紙で、とても心に残りました。私が求めていたのは「治ります」という保証ではなく、こういう言葉だったのかという気がしました。

山折　そして、治るか治らないかわからない病気と闘ったり、共存したりするための方法として、気功や漢方、食事療法にたどり着く。そこまでのプロセスや効果はいかがでしたか。

岸本　たどり着くまでは次のような心の経緯があったんです。西洋医学でできる限りの治療が終わった。でも、治らない可能性は低からずある。そのとき、座して天運に任せるほど私は剛胆ではない。何かしていたい。きょうはこう生きようという指針のようなものがほしい。そのために何かないかといろいろ考え、気功の教室に行って、がんに効果があると言われる気功をしたり、漢方に行って薬を処方していただいたりしました。漢方の先生の指導で食事療法にも取り組みました。それらは、これをしていれば治るという保証があるものではない。でも、がんに主導権を譲り渡してしまいたくない、主導権はあくまでも自分の手の中に握っていたいという気持ちには答えてくれるものでした。

## ◆「無」という感じ麻酔で初体験

山折　私は二十代のときに十二指腸潰瘍になった。毎日のように鈍痛が来るんです。憂うつな痛みです。これは慢性疾患だと思いました。いつ治るんだろうという気持ちが不安をかき立てる。いっそ切ってしまえとお医者さんもおっしゃいますから、切ったんです。そしたら一時的にあの鈍痛が消えました。天にも昇るような気持ちでした。

実は胃腸の病気は絶えずぶり返す可能性があるということを知りませんでしたから、また暴飲暴食に走って再発を繰り返してしまい、その過程で鍼灸治療に通うようになったんです。確かに病根は切り取ったわけですが、体全体がぎくしゃくしている。まるで自動機械人形のようで、自分の体であって自分の体でないような状況が続いて、これはまだ機能が回復していないんだと思い、鍼灸を一年ぐらい続けたらだんだん回復してきました。基本的には近代医学によって助けられたと思っておりますけれども、体全体のバランスを整えたのは東洋医学、漢方のお陰だと思っているんです。

◇

岸本　そのとおりの実感です。確かに私も病巣を取り除かなければ始まらないので、近代医学、西洋医学の恩恵を最大限に受けたわけですけれども、その後の回復については、漢方や鍼灸の助けで自然治癒力を上げ、全体のバランスが整っていくということを感じました。

山折　手術では全身麻酔を経験し、一瞬のうちに意識を失って、空間や時間に対して新しい感覚を見た気がしました。その点いかがでしたか。

岸本　私は本当に麻酔がよく効いて、眠りに入るという実感もなく、完全な睡眠状態に入ったんです。何時間も寝たはずなのに秒単位ぐらいの感覚で、時間がない「無」という感じで、初めての経験でした。

山折　今、「無」という面白いことを言われましたけれども、私はあのとき、いっぺん死んだのかなと後に思うようになりました。人間が熟睡の時間を持つというのは、無意識の時間、死の時間を持つということ。そうだとすれば、死と再生を毎日繰り返しているわけです。

岸本　まさに、一糸まとわぬ胎児のような姿で麻酔を打たれ、死に近いようなところを通り抜け、また目が覚めたときに自分を発見する。あれは再生に近い感じだと思いました。睡眠という時間でなく、「無」を通ってきたような実感があり、助かった、再生なのかなと直感的に感じたんです。再発転移の危険性の高い時期を少し過ぎてから、自分の中にその重みがよみがえってきました。

◇

山折　がんは五年生存説といわれます。手術からの五年間はいかがでしたか。

岸本　最初の一年はとても不安が強く、死がすぐそばにいるような状態でした。風邪で熱が出るといった、ちょっとの不調も、がんの再発転移に結びつけてしまった。何があっても動揺しないよう自分の心を制御したいという気持ちが強く、かなりの緊張感の中で生きていた気がします。でも、それが少し緩んでくると、あの、初々しいような緊張感で第二の生に踏み出した時間は、かけがえのない時間だった気もしているんです。一方で、今も緊張は続いていて、あまり先のことを考えるのを自分に禁じています。それも時間がたつにつれて緩むのか、それとも今のことに集中すればいいのか。生き方として、まだ迷っている状況です。

山折　岸本さんは非常に理性的で合理的にものを考えられる方。病気に対して、どういう治療法があるか、いろんな可能性を考え、その根拠もちゃんと自分なりに跡付けて、選択し、当てはめていく。徹底的に納得のいく治療をやらないわけにはいかないタイプですよね。にもかかわらず、こういう難病と付き合うためには別のやり方、付き合い方があると考えるのか、葛藤がある。悩みを持っている。理性的である一方、理性だけではだめだと思っているもう一人の自分もいて、どう折り合いをつけていくか、病気との闘いでは一番つらいところですね。

◇

## ◆玄侑宗久さんとの往復書簡

岸本　心に関して東洋的な知にヒントを得られないだろうかと思って、さまざまな本を読みました。作家で僧侶の玄侑宗久さんのご本に接し、答えを得られるかなと期待を込めて、玄侑さんと手紙のやりとりを始めました。

山折　玄侑さんとの往復書簡の中で瞑想の問題が出てきますよね。いま言われた情の世界に当たるような問題が解決するのではないかというアドバイスがありましたが。

岸本　ところがお恥ずかしいことに、なかなか瞑想そのものに入れない。私の合理的な考え方が邪魔になるんですね。例えば体を横たえて瞑想しようとしても、足元がスースーしてくると、これは気が流れ出したのか、いや、どこかふすまの建てつけが悪くて、すきま風が吹いているんじゃないかとか、何か感じかけても、すぐに原因を探す。あるいは、このまま寒くしていたら風邪をひくというように、将来予測、因果的な思考、分析的な思考が働いて、それが邪魔をして、なかなか瞑想に入れないんです。玄侑さんにとっては一番だめな生徒だったと思います。

山折　私は入退院を繰り返し、体全体の機能がなかなか回復しなかったとき、永平寺で座禅の手ほどきを受けたんです。三日泊まりました。山を下りるときに、住職さんが、だまされたと思ってあしたから五分でもいいから座ってごらんなさいと言う。翌朝目覚めたとき、その言葉がふっとよみがえり、気がついたら座っていました。そのときは五分か十分だったと思います。以来、現在まで三十年近く、早朝座禅をやっています。一時間くらいなんですが、とにかく雑念が多くて無念無想にならない。これが二十数年。ずるずる中途半端な形で続けていたわけです。

ところが還暦を迎えるころでした。「雑念妄想と思うからいけない。ものを考えていると思えばいいじゃないか」と天の声が聞こえてきた。そのとき、私なりの悟りが実現したと思っています。ものを考えていればいいんだ。デカルトの時間だよと、もう一つの声がありました。デカルトは「我考えるゆえに我あり」でしょう。それこそがものを認識する出発点だと思ったとき、非常に体が軽くなりました。何を考えてもいいんだ。雑念妄想、結構。そうなったときに瞑想そのものにこだわらなくなりました。

◇

岸本　私は実際に行を体験していない。思弁的に先取りして、なるほどこういうものかと、理解しているにすぎないので、実際に三十年間体験されたというのはすごいと思います。
山折　デカルトの時間だと思ったあたりから、座っている間にお茶を飲み始めました。トイレに行きたいときには平気で立って、また戻って座る。僧堂では絶対やらない自分の早朝のライフスタイルになったとき、禅や瞑想というものから解放されたような気になりましたね。

◇

岸本　なるほど、今とても深いご示唆をいただきました。私は玄侑さんとの往復書簡を体験した後も、どこかに二分法的な思考があって、西洋対東洋、近代合理主義対そうでないもの、理知的なものとそうでないものというように対極に位置づけていたけれども、それも余計な境なのだという気がしてきました。

## ◆書くことと言葉にすることの効用

山折　エッセーで、体と心、私と命という問題についてもいろいろお書きになっています。
岸本　個から心を解き放つためには体の力を借りなければできないように感じたんです。それが具体的には、玄侑さんから勧められた瞑想であり、般若心経のお唱えでした。お唱えは意味を知って唱えるのではなく、発声器官という自分の体を使う行為で、それをいわば足がかりにして心を私から解き放ち、もっと広いところに出られるというものでした。

山折　本当にそうです。理屈でああだこうだと解釈しても、あまり意味がない。あれは読むところに意味があるんですね。

岸本　玄侑さんから指導を受けたとき、「意味を知りたくなるでしょう。でも知ろうとしてはいけません。まず音を覚え、意味はわからないまま、とにかく暗唱しなさい」と言われました。言われたとおりにしたので、意味は今でもよくわからないんです。でも、暗唱すると、本当に自分が単なる発声器官になって、声だけがどんどん出てくるようで、私にとっては、瞑想や座禅よりも一番不思議に近づける方法でした。

山折　岸本さんのエッセーは言葉一つ一つが生き生きとしている。言葉がこちらの心の中に飛び込んでくる。理知的な岸本さんとは別な、いつも命の躍動を感じている人の言葉です。

岸本　こういう性格なので、エッセーを書くときも下書きをするんです。大体のあらすじをつくってから、まず紙の上で下書きをして、パソコンの上で清書をし、さらにその清書をもう一度書き直す。一つのエッセーを書くのに最低三回、もしくは四回、五回と書き直しているんですけれども、何度書き直しても、言葉がひょいと飛び出てくるときがあって、そこはなるべく残すようにしています。

山折　しかも、一つ一つの言葉が結び合って何とも言えないユーモラスな光景を生み出すでしょう。自分を社会なり家庭なり家族なり、仲間たちの間で物語化することによって病気の苦しみ、うっとうしさから、ふっと自由になる。そんなことを感じますね。

◇

岸本　確かにそれは書くことの効用であり、言葉にする効用だと思います。

司会　手術後五年たつと一つの区切りといわれます。その間は治療を受けながら、同じ病気の方の支援活動に参加しておられた。希望の言葉を贈りあう運動もされています。

岸本　今年始めたのが希望の言葉を贈りあう活動で、一言でいえば、インターネットや郵便を通して元気の出るような、ちょっと落ち込んだとき気持ちが楽になるような、短い言葉を寄せてくださいというもの。それをまとめて最近本にしたばかりです。

司会　たくさん応募があったんですか。

岸本　全国から約二百件のご応募をいただきました。背景はさまざまで、ご自身が病気、ご家族が病気という方もいらっしゃるし、お子さんが学校でいじめに遭っているとか、ご自身がうつ病を体験されているとか、経済的な苦境にある方、いろんな方々からいただきました。

司会　ご自分ならどんな言葉を贈りますか。

岸本　本当に一人ひとり状況が違うので、万人の心に効くような処方箋的な言葉はないと思うんです。だから、まず「お話を聞かせてくださ い」と言います。

山折　本当に、その場その場で考えなきゃならんことですよね。私は、色紙を書いてくれと言われると、これは自分にできないことだから書くんですが、「激しく考え、優しく語る」と書く。本当は優しく考え、激しく語るほうの人間ですから自戒を込めていうんですが、優しい言葉というのはいいですね。

岸本　自戒を込めてならば、私も座右の銘としている言葉が二つありまして、一つは「外相整いて内相自から熟す」。森田療法の中の言葉なんですけれども、自分流に翻訳して、気持ちがちょっとめげているときも形を整えれば心の中身がついてくるだろうと思って、使っていました。もう一つが同じく森田療法からで、「心は万境に随いて転ず。転ずる処実に能く幽《しずか》なり」。心はその場その場の状況に即して、どんどん変わって躍動していく。その心の動きのままに任せてみようということとして取り入れていました。

◇

## ◆呼吸は体と心つなぐ東洋的な体の使い方

**山折**　先ほど、いい加減な勝手禅の話をしましたけれども、姿勢を正して深呼吸をしていますと、例えば胃腸の調子が悪いときには胃がぐるんぐるんと動き出すんです。呼吸というのは身体のさまざまな器官と密接な関係がある。と同時に、呼吸を整えると、自分の気持ちが鎮まってくる。体と心をつなぐ一番重要なものは、もしかすると呼吸かなという感じがするんですね。

**岸本**　私もまさしくそう思います。

**山折**　私は我流の呼吸なんですが、一、二で息を吸って、三、四、五、六で、ゆっくり息を吐いて、七、八で止めるんです。これがポイントです。それをやっていると、必ず内臓がこたえてくれる。病気をしたとき、呼吸というのは意味があるかもしれない。

**岸本**　座禅教室に出たとき、座ると雲霞《うんか》のごとくに雑念が頭に群がってくるんですけれども、呼吸法の指導がまずあったんです。お坊さんがおっしゃるのは、息を長く少しずつ吐いて、おなかをへこませながら吐き切ると、へこませていたおなかがふっと膨らむときの反動で吸える。それからまた長く吐く。その呼吸を「一つ、二つ」と数えることに専心しなさいと。誰だって、座禅のような格好をすればいろんなことが頭に浮かぶのは当たり前で、それを無にすることは難しい。呼吸をして、その呼吸を数えるのに専心することが無に近いということを教わって、なるほど、それはわかりやすい手がかりをいただいたと思ったんです。

◇

私は座禅が習慣にまではなっていませんが、呼吸は習慣づけました。地下鉄の中でも、意識的にその呼吸をしてみると、頭の中のざわざわが少し鎮まると同時に、肩の力がすうっと抜けたり、体が温かくなったり。呼吸は本当に体と心をつないでいるんだと思います。

山折　ところで、いま、四十代でシングルを楽しんでいる人が非常に増えていますよね。

岸本　私は独身主義というわけでもなく、気づいたら四十半ばまで一人で暮らしてきました。その間、頑張ってマンションを買ったり、ローンを組んでみたり、いろいろ自分で努力をしたけれども、病気の体験を通して感じたのは、意志と努力で何とかなると思っていたのは思い上がりで、意志や努力でどうにもならないこともあるし、なんと多くの人に助けられて今日があるんだろうと。あとはやはり、一人で長く生きていこうと思えば体が基本。疲れず長持ちさせる体の使い方があるのではないかという気がして、東洋的な体の使い方に興味を持っているところです。

司会　座禅や般若心経の話とか、いろいろ出てきましたが、一般の人が手軽にできる心の修養はありますか。

山折　私は、散歩が一番いいと思っているんです。歩くことです。たくさん歩いた人は豊かな晩年を迎えることができる。そういう信念を持っています。西行、芭蕉、良寛、ああいう人々は歩きに歩いたんですね。創造性もそこから出てきます。

◇

## ◆「澄んだ気持ちで」の願い強く

質問　岸本さんご自身、気持ちが落ち込んだときは、どんな本を読まれますか。

岸本　話の中で挙げた森田療法の本とか、思想家・精神科医でユダヤ人としてナチの収容所体験を持つフランクルの本、免疫学者の多田富雄さんのエッセーが好きです。多田さんは脳梗塞《のうこうそく》で突然不随になられ、そこからの生き方に大変感銘を受けました。宮城谷昌光さんの古代中国に題材をとった小説は、人として守るべき道や、よりよく生きるって何だろうと考えさせられ、最後には人間に対してとても肯定的な気持ちになれます。

質問　がんの経験前と後では、心の持ち方に変化はありますか。

岸本　生きている、今日あること、って当たり前なんかでは全然ない、と感じるようになったことです。せっかくこうして幸いにも生きているから、なるべく日々澄んだ、平らかな気持ちでいたいという願いは強くなったように思います。

質問　行ってみたい土地はありますか。

岸本　今、第二の幼児期というか、生き始めた感じで、活動意欲や好奇心が満ち満ちているので、たくさんあります。ヒマラヤの中の小国のブータンは、人が近代文明をそこそこ享受しながら、でも衣食足りて礼節を知るとか、心の平和と物質文明を折り合わせるところってどの辺だろう、と考えるヒントがありそうです。十年前に行ったんですが、もう一度行きたいです。

（二〇〇七年十二月八日、大阪・大槻能楽堂）

◇

23

最古層の宗教心 刺激

母の死「般若心経」しみた

山折哲雄

新井 満

# 新井　満

（あらい・まん）　作家・作詞作曲家。電通では音楽・映像プロデューサーとして活躍。一九四六年新潟県生まれ。八七年『ヴェクサシオン』（文藝春秋社）で野間文芸新人賞、八八年『尋ね人の時間』（文藝春秋社）で芥川賞、二〇〇七年「千の風になって」で日本レコード大賞作曲賞を受賞。

## ◆風とは命の根源

**司会**　新井満さんは作家であり、作詞・作曲家あるいは写真家、環境プロデューサーと多方面で活躍しておられます。特に最近は、「千の風になって」を原詩である英語の詩から翻訳し、曲もつけられました。

**山折**　新井さんのいろんな味、人間的な味、芸術家としての味を楽しませていただきたいと思っております。

**司会**　まず、「千の風になって」ができるまでのいきさつをお聞かせいただければ。

**新井**　古里・新潟の幼なじみが奥さんを四十代で亡くしたんです。幸せを絵に描いたような家庭でしたから、後に残された友人と三人のお子さんは絶望のどん底です。そういうときに、友人を慰めるのは非常に難しい。何かできることはないかと考えていたところ、一年後に追悼文集が送られてきた。その中に死者が作ったという設定の不思議な英語詩が紹介されていました。これを日本語に訳し、メロディーを付けたらどんな歌になるだろうかと考え、ギターをひきながらつくったのがあの歌だったんです。

**司会**　詩が直訳でないところがすばらしいと思います。

**新井**　原詩を直訳すると意味がよくわからないんですね。わずか十二行の英語の詩ですから、簡単にできると思ったんですけれど、なかなかできない。そこで、大きな声で朗読してみたんです。何が最後に脳の中に残るだろう、贅肉的なものを全部そぎ落としていったらどんなワードが残るだろうと実験した。そしたら、最後に残ったのがウインズ、風という言葉だったんです。

◇

**山折**　ウインズ、風を主題にした死者の歌、死者からの呼びかけ、人間は死んでどこに行くんだろう、どういう形で生きている人間と交流するのだろうというような、さまざまな問いに答

新井 満　山折哲雄

えてくれているんですね。それが非常に心に響きました。

この詩を読んで最初に私がイメージしたのは宮沢賢治です。彼の詩や童話には、おびただしい数の風が吹いているんですね。喜怒哀楽の風から憎しみの風、恐ろしい風、形而上学的、哲学的な風。代表的な童話はほとんどすべて、風が吹いて物語が始まり、風が吹いて物語が終っている。

もう一つは、宮沢賢治の最愛の妹とし子が、二十四歳のときに死ぬ。そのとき賢治は二十六歳でした。自分のことを一番深く理解し、愛してくれていた妹が死んだときの賢治の絶望感は非常に深かった。それが、あの有名な「永訣の朝」という詩に歌われているわけですけれど、一年後、賢治は北海道と樺太の旅に出る。その旅の間中ずっと風が吹いてくるのを待っているんですよ。で、風が吹いてくると、とし子のイメージが立つという。新井さんの詩の心、文学者としての精神は、もしかすると、どこかで賢治のそれを受け継いでいるのではないかという思いで読みました。

新井　いやあ、賢治とはびっくりしました。今まで考えたこともなかった。今のお話で感動しましたけれども、この地球上で、風というものを見た人は一人もいないわけです。じゃあ存在してないかというと、至るところに存在している。風というものは一体何なんだろうと考えたとき、やっぱり大地の呼吸、地球の息吹なんじゃないか、つまり命の根源なんじゃないかと思ったんです。

◇

山折　私もそう思います。人類史的なイメージと言ったらいいのか、西も東もない。風というものは、我々人間の世界に大きな意味を持ち続けていたということかもしれませんね。

新井　それまでは、死ねば一巻の終わり、「ジ・エンド」だと思っていたんですが、風に再生するということは、ほかの命に生まれ変わったということ。その発想には仰天しました。

## ◆「千の風になって」背景にアニミズム

**司会**　この詩は作者不詳だと聞いています。

**新井**　百年以上前からあった英語の詩らしいんですけれども、この詩がどういう思想的な背景を持っているのか分析をしてみました。簡単に言うと、すべてのものに霊魂があると考えるアニミズムです。死んでいろんなものに生まれ変わり、また死んで生まれ変わってというアニミズム的な死生観を持った民族は、現在でも世界中のいろんなところにいます。オーストラリアだったらアボリジニ、ニュージーランドだったらマオリ、アイルランドだったらケルト。北海道にもアイヌの皆さんがいらっしゃいます。でも、英語となると、アメリカ大陸にネイティブ・アメリカンの人たちがいますから、やっぱりこの辺のどなたかがお書きになったんじゃないかと私は思っています。

◇

**山折**　日本も、仏教が伝来する前は原始神道の時代で、天地万物に神が宿っている、魂が宿っているという信仰で生きていたわけですね。それは、今おっしゃったように、アメリカ・インディアンの場合もそうだし、西洋の世界においてもケルトはそういう信仰を残してます。結局、仏教やキリスト教、イスラム教が登場してくる前は、地球上至るところの民族が万物に命ありという信仰のもとに生活していたのではないか。最も普遍的な人間の感情、宗教意識と言ってもいいかもしれない。この歌を契機に、日本人の心の深層に眠っていた、そういう考え方、感じ方が意識化され、みんなが気づき始めたということではないでしょうか。

**新井**　全くおっしゃるとおりで、この歌を発表してから、お手紙やはがきを五千通以上いただきましたけれども、歌の思想、考え方は以前か

新井　満　山折哲雄

ら自分が考えていたとおりだったという人が多いんですよ。別に珍しいことでも何でもなくて、「私のもやもやした考え方を新井さんがよくぞ歌にしてくれた」というんです。それはやっぱりアニミズムの思想なんですよ。

宗教心というのは、地層を描いているんじゃないかと思っています。一番上のほうに現代的な新興宗教のようなものがあって、中のほうには世界宗教のような仏教、キリスト教、イスラム教がある。でも、その層の一番下にあるのが実は原始宗教と言われているアニミズムではなかろうか。

文明が起こる前、野山をそれこそ獣のように走り回っていたころは、日常的に生と死が紙一重の状態でした。死ぬというのは当たり前のことだった。死んでもまた生まれ変わるというアニミズムの考え方は、当時としては、ものすごくナチュラルではなかったか。そのアニミズムという一番下に眠っている宗教心を、この歌が

◇

刺激し目覚めさせたのではないかと思います。

山折　そう思いますね。ただ、最近私は、それを原始的と呼ぶのをやめることにしてるんです。原始的ではなく、最も普遍的な人間の意識なんだと。アニミズムというのは西欧の人々の考え方で、原始的で未開で遅れているという意味が含まれているんですね。アジアの遅れた国の人々の信仰だとみなしているが、いや、それは違うよということを言っていい段階に来ているのではないか。これこそがもっとも普遍的な宗教心で、万物に命が宿っているという意味で、万物生命教と言っていいんじゃないかと提唱しているんですけどね。「教」にはこだわりません。万物生命意識と言ってもいいでしょうしね。

新井　この机も今は無機物ということになっていますけども、ルーツをたどっていったらやっぱり有機物。有機物とはイコール命ですから、最後は命に絶対たどり着くはずなんですね。地球から生まれたもので、完全に命と無関係とい

う存在はあり得ない。無機物か有機物か関係なく、すべての存在は命につながっている。イコール命そのものだということになるんです。

**山折**　きょうは哲学者ですよ、新井さんは。

## ◆音楽、映像、文学とのかかわり　その原点は…

**司会**　新井さんは本職がよくわからない。一体原点は何なんだろうと思うんですけれど、作家になろうとか、音楽にかかわろうとか、何かきっかけがあったんでしょうか。

**新井**　一九七〇年、大阪万博の年に広告代理店に入り、いきなり大阪支社に転勤になりました。大阪は二十二歳の私がサラリーマンを始めた青春の地なんです。大阪で約三年おりまして、その後、転勤で神戸へ行って、テレビCFのプロデューサーをやりました。その中の一つに「灘の生一本」があって、檀ふみさんと各界の大物との対談シリーズをやることになり、文壇から森敦さんにお願いした。小説『月山』で第七十回芥川賞を受賞された方で、それから森敦さんとのご縁ができ、「組曲　月山」をつくって、シンガー・ソングライターと言われました。しばらくして東京に転勤になり、今度は環境ビデオのプロデューサーになって、環境映像というジャンルをつくった。最初に音楽をやって、次に映像、四十歳を超えたときに初めて小説を書いた。文学が一番後なんです。

**司会**　「月山」を即興で歌にされたんですね。

**新井**　あれは昭和文学の名文中の名文。格調高い冒頭の文章があったもんですから、酔っぱらって思わず歌っちゃったんです。

**司会**　作品の冒頭の文章がほとんどそのまま歌詞になっているんですか。

**新井**　そのとおり。小説の文章を、そのまま歌ってしまったんです。

**司会**　森さんもびっくりされたでしょうね。

新井　そうですね。森さんは、ずうっと目を閉じて、私の即興のパフォーマンスを聞いていて、私が歌い終わった後、開口一番、「ううむ、いい詩だ」。（笑）詩は自分の文章なんだからこれには参りましたね。で、十秒ぐらいたってから、「うん、メロディーもなかなかいい」。

司会　「千の風になって」の後、ここ何年間かは、「般若心経」や「老子」、ジョン・レノンの「イマジン」などの自由訳を手掛けておられます。

新井　自由訳というもののきっかけになったのは「般若心経」です。ある事件が起こりましてね。

司会　それはどういう。

新井　おふくろが死んだということです。

司会　お母様は助産婦をしておられたんですよね。

新井　九十一歳で亡くなったんですけれども、亡くなる日の朝まで現役の助産婦でしたから、筋金入りですね。新潟市中の三千人、四千人の新生児を取り上げた辣腕の助産婦で、自分は百歳以上生きると言っていたんですけど、ある日突然、おふくろが危篤だという電話が入る。それは、私にとって一番そういう電話を受けたくなかった朝。これから成田空港へ行って、ノルウェーのリレハンメル冬季オリンピック閉会式に臨もうというときだったんです。

◇

閉会式の最後に、次期開催地である長野のデモンストレーションをやることになっていて、その総合プロデュースをしていたわけです。ノルウェーでは百人ぐらいのスタッフが待っている。行かないと敵前逃亡になる。人生であんなに迷ったことはありません。予定通りノルウェーに行くべきか、新潟に行くべきか。三十秒間考えた。気の遠くなるような長い三十秒間でしたが、断腸の思いで新潟を選んだんです。ノルウェーに行けば喝采が待っている。男にとっては一世一代の晴れ舞台です。それを全部キャ

ンセルして新潟に行けば、後でいろいろ難しい問題がのしかかってくるだろうというのは承知の上でした。そのとき新井が決断した、その理由なんですが。

**山折**　うん、聞きたい。

◇

## ◆母の遺品から「般若心経」自由訳の発想ここから

**新井**　私を産んだのは誰かということなんです。衛星放送で閉会式を見ようとしている世界中の十億の人たちなのか、それとも新潟で待っているおふくろなのかと考えましてね。おふくろが産んでくれたから、こういう自分がいて、ノルウェーに行こうかどうしようかと悩んでもいる。この世に生まれたことがそもそも全ての出発点ならば、私が義理を果たすべき相手はおふくろのほうではなかろうかという理屈を立てたんです。

新井　満　山折哲雄

山折　その人の状況の中でどう決断するかであって、どちらがいいとか悪いとかいう問題じゃないですね。栄光の瞬間を選ぶか、暗いつらい瞬間を選ぶか、その選択だったと思います。立派ですよ。

新井　結局、間に合いませんでしたが、最後の親孝行だったろうなと思います。リレハンメルからの衛星中継は、葬式の後、お骨になったおふくろの隣で見ました。スタッフたちが「ノルウェーは私たちが一丸となって頑張るから、新井さんはぜひお母さんのほうに行ってくれ」と言って、見事にデモンストレーションを成功させてくれたんです。

その模様をテレビで見て、翌日、遺品を整理したら、タンスの底から般若心経が出てきた。そんなに宗教心の厚い女でもなかったのにどうしたんだろう、お守りがわりに持っていたのかなと思って、久しぶりで読んでみました。すると、これまでいつもちんぷんかんぷんだった般若心経がとてもよくわかった。そういうわけで、長く読まれ続けているにもかかわらず、難しくて意味のわからないところがある般若心経を、自分のためにもおふくろのためにもわかりやすい翻訳にしたのが自由訳ですね。

司会　自由訳というのは、そういうことなんですね。

新井　仏陀が言おうとしていた「空」の哲学をわかりやすくいうと、どういうことになるんだろうという実験を翻訳でしたわけです。

◇

山折　女性にとって出産とは何かという問題に深くかかわるお話だと思いますね。女性にとって出産は生死を分けるようなことで、『源氏物語』にも、源氏の正妻の葵の上が難産で苦しみ、出産と引き換えに亡くなる場面があります。もののけ、怨霊が取りついたために子どもが産まれないんだということで、比叡山のお坊さんを呼んできて加持祈祷をするわけですね。もののけの恐ろしさというものを非常にリアルに見せつけるところから、あの物語は始まる。それは人類そのものを象徴的に示しているんだろうなと、私は想像してきました。

お母さんは助産婦さんをしながら、非常に多くの人々の子どもを取り上げた。その過程で、どれだけの苦しみ、危機的な気持ちを持ち続けておられたか。それはやはり般若心経のような経典がそばにあるのとないのとでは全然違う。現代は、みんな病院で出産するようになったから、その苦しさ、おそろしさを忘れかけているところがあるが、お母さんは般若心経を読んで、心の支えにしておられたのではないかと思って、感動しました。

**司会**　自由訳の中心となるところを、ちょっと朗読していただけたら。

**新井**　それでは、一番のエッセンスを朗読させていただきますので、目を閉じて、「ああ、般若心経というのは、こういうことなのか」と知っていただけるとありがたいです。

（新井さんが『自由訳　般若心経』（朝日新聞社）の一部を朗読）

◇

## ◆かけがえのない命、関係性を大事に

**山折**　般若心経は全部で二百六十二文字。おそらく最も短いお経だろうと思います。一般によく知られているように、重要な主題は「色即是空　空即是色」、「空」の考え方だと言われています。確かに、この経典の中に「空」の字が七回使われていますが、それはすべて前半の序文的なところに集中しているんです。重要な本文部分では、この「空」の字が消え、「無」という言葉が出てくる。これは二十一回です。般若心経の心、日本人の好きな、大和心の中心部分をなす心という文字は一度しか出てこない。だから、空を七回言って、あと二十一回無を言う。「空空空……、無無無……、般若心経」と、これが本質だと思っているんです。色即是空とい

新井　満　山折哲雄

った場合、我々は愛や色恋沙汰はむなしいという受け止め方をしてきましたが、インド人は大分違う。インド人の「空」は数学的なゼロという意味が含まれているわけですから、非常に数学的だし、形而上学的な空だと思います。

ところが、日本人は、インド人が考えた哲学的あるいは数学的なゼロ、「空」の考え方を無常観で読みかえた。無常観で「空」を解釈し直し、それが広く受け入れられていったのではないか。命というのは一つ一つが瞬間的な存在で、関係性の中で初めて人間というのは存在している。だから絆や関係が大事になるわけで、新井さんの自由訳はそういう日本的な般若心経の意味を、非常にわかりやすい言葉で表現されている。命のありがたさ、尊さ、かけがえのなさを歌い上げている。これはみなさんの心に響いたんじゃないでしょうか。

司会　新井さんのお母さまは「人生三期説」という教えを唱えていらっしゃったんですね。

◇

新井　最初の三十年は「自分探し」。自分の才能は何だろうとか、自分はどんなことで役に立つんだろうかということをまず探すということでしょうね。次の三十年は、第一期で探し当てた才能を役立てる「自己実現」ですね。家族の幸福、子どもの幸福、いろんな個人的な幸福を自己実現したらいいと思うんですよ。では、六十歳以降はどうするか。残りの人生、第三期目があるとするならば、自分や家族以外の人間のために何ができるか、人間以外の命のために何ができるかということを考える。平たく言うと「社会貢献」でしょうね。そんなに格好よくはいきませんけど、そんなふうに人生を三期に分ける考え方でした。

山折　私はインド人が考えた「人生四周期説」がおもしろいと思っています。三期でも四期でも本質的に変わりがないような気がしますが、最初は自分たち、自分及び家族のための生活があって、やがてそれを社会の中で生かしていくという段階がある。最後は、もう少し広く、地球のためといったところに出ていくんですが、その前の中間段階、「林住期」というものを設けているところに特徴があります。

「林住期」には、家族や自分の住んでいる共同体から離れて一人で旅をして歩く。その旅の中で宗教的な瞑想にふけってもいいし、バイオリン片手に音楽を楽しんでもいい。霊場巡りをしてもいい。聖と俗の世界を行き来する。西行や芭蕉、良寛のような生き方ですね。地球環境問題が重要になっている時代、社会貢献でもいいし、環境問題に取り組むということでもいいでしょうが、そういうことを前提にした三期説には私も賛成ですね。

## ◆個人としての生き方説く「老子」

**質問**　新井さんはなぜ「老子」に興味を持たれたのでしょうか。

**新井**　中国の二大哲学潮流は「孔子」と「老子」です。違いを今から申し上げます。ナイン・ツー・ファイブ、九時から五時まで、これが孔子です。組織の中の人間関係を上手に説いているのが孔子です。ところが、老子はアフター・ファイブなんです。個人としての生き方を説いています。つまり、組織から抜け出して個人にもどる。そういうときには孔子よりも老子のほうが通用するんです。でも、六十歳で定年を迎えてから老子を読んでも遅い。四十、五十歳くらいからもっと老子を読んでもいいんじゃないかと私は思います。

◇

**質問**　新井さんは『自由訳　十牛図』を出版されました。そのエキスのところを解説してくださいませんか。

**新井**　簡単に申し上げると、ある日大切に飼っていた牛が逃げて、遠くへ行ってしまった。その牛を探して世界の果てまで追いかけ、ついに見つけて、古里に連れ帰ったというお話です。

これを十枚の絵で解き明かしたもので、牛というのは自分の心のことだったんですね。つまり、これは自分探しの旅を絵に描いた禅の悟りの段階的ガイドブックなんです。

**司会**　最後に一言。

**新井**　たとえば、世界平和をつくるにはどうしたらいいかというお話を申し上げると、その第一歩はいつも自分の一番そばにいる人を愛するということに尽きますね。ご主人ならば奥さん、奥さんにとってはご主人です。長く夫婦生活をやっていると、そばにいて当たり前ということになりますが、以心伝心では全く伝わりません。最後に贈る言葉は一つ、「君に会えてよかった」。これは原点ですから、きょう家に帰ったら早速言ってみてください。まず家庭の中で仲良くすることが世界平和の第一歩です。

―――――

新井さんは約五百五十人で埋まった客席に向かって、歌声を披露した。「千の風になって」は、詞が頭に残るようにと一、二番を朗読し、三番だけを歌った。続いて、約三十年前に作った「組曲　月山」は冒頭部をアカペラで。最後に新曲「この街で」を歌い上げた。「千の風――」は死者の歌だが、生きている間は身近な人を愛することが一番大事、そんな思いを込めて、この新曲を作ったという。

（二〇〇八年三月二十日、大阪・大槻能楽堂）

◇

# 「こころ塾」のこと

音田昌子

「読売こころ塾」の司会進行役をつとめるようになって、いつのまにか六年半がたちました。

能楽堂の舞台の上で、塾長の山折先生とゲストの方とのやりとりを横で聞きながら、話の流れに気を配り、あまりでしゃばりすぎないように、でも、適度に口をはさみつつ進行していくのが私の役割ですが、いつも、理想どおりにいくとは限りません。時には、打ち合わせの時とは全く違う方向に話が展開して、どうなることかとはらはらすることもあります。でも、そんな時は、まあ、いいか、きょうは、この流れで、山折先生にお任せしようと腹をくくり、顔だけは微笑みながら、ひたすらじっと横でおとなしく、ひかえていることにしています。この六年半、何とか大過なく、任務をつとめることができたのは、ひとえに、塾長の山折先生の巧みなリードのおかげと、心から感謝しています。

今回、出版された二冊目の「こころ塾」は、二〇〇四年七月の第十二回から、二〇〇八年三月の第二十三回までの計十二回分の記録です。この間に、山折先生は、国際日本文化研究センターの所長を退任され、宗教学者というシンプルな肩書きになられ、それに合わせるかのように、「こころ塾」に出演されるときの先生の装いも、背広にネクタイ姿から、作務衣スタイルに変わりました。本書のトップバッター、田中優子さんの時に、ゲストの着物姿に合わせて作務衣で出演されて以来、そのスタイルを通されるようになり、今では、作務衣姿が、すっかり、「こころ塾」の先生のトレードマークになっています。ご自宅でも、この格好で通されることが多いようで、たしかによくお似合いですし、能楽堂の舞台にもぴったりです。「こころ塾」の終了後、ゲストと会食をするときも、作務衣姿のまま、素足に下駄履きという格好で、堂々とホテルのロビーを闊歩されています。そんな姿を見ていると、まさに、いまが、先生にとっての「林住期」なんだろうなとうらやましくなります。

「林住期」とは、山折先生によると、古代のインド人が考えた第三のライフステージで、「俗の道でもない、さりとて、聖の道でもない、両者の間を行ったり来たりする、いわば自由人の境涯を象徴するもの」とか。「場合によっては、〝不良老年期〟と読み替えてみるのも悪くない」と、ご自身の著書の中で書いておられる通り、最近の先生の塾長ぶりは、まさに、その〝不良老年期〟を地で行っているように思われます。ゲストに対しても、事前の打ち合わせなしで、本番中に、巧みな誘導で歌や踊りを注文したり、時にはご自身がモデルとなって、舞台上で実技指導を受けたりと、自由闊達な塾長ぶりを発揮されて、会場の人たちを楽しませてくれています。

スポーツジャーナリストの増田明美さんをゲストにお招きしたときも、演歌がお好きな先生が、都はるみの物真似が得意といわれる増田さんとのやりとりの中で上手に話を進め、増田さんが都はるみさんそっくりの身振りと声色で、「さようなら、さようなら、好きになった人」と、マイク片手に声を張り上げ、会場中が大爆笑に包まれる一幕がありました。こんど、本物の都はるみさんが、ゲストで、「こころ塾」にこられることになり、あの日のことを懐かしく思い出しています。

「こころ塾」のゲストは、どちらかといえば、女性が多いのですが、本書に収められた十二人の中には、元日本兵の小野田寛郎さんをはじめ、歌舞伎俳優の市川團十郎さん、大ヒットした「千の風」の原作者の新井満さんなど、個性派の男性ゲストも多数登場しています。中でも、直立不動の姿勢で話をされた小野田さんの姿は印象的でした。ジャングルでの想像を絶する逃亡生活。その体験を生かして始められた「自然塾」の話などを聞きながら、豊かな時代を生きる日本人の一人として、改めて、平和のありがたさを思うと同時に、本当の豊かさとは何だろうと、考えさせられました。

いつも舞台姿を遠くから眺めているだけの市川團十郎さんと、同じ舞台に上がらせていただけたことは、私にとっては、忘れられない幸せなひとときでした。パリ公演でされたフランス語による口上も舞台で再現していただいたのですが、ただ座っておられるだけで、全身からオーラが漂うような存在感があり、会場中が酔いしれた二時間でした。市川さんには、ご自身の白血病の闘病体験もお話いただきました。二回後の「こころ塾」でも、随筆家の岸本葉子さんに、ご自身のがんとの闘いを振返って語っていただき、いずれも会場の人たちに大きな感動と勇気を与えてくれました。

「こころ塾」には、近畿一円だけでなく、四国や中国など遠方からも毎回、大勢の方が参加されています。常連の方も多く、時々、思いがけないところで、見知らぬ人から声をかけられてびっくりすることがあります。「こころ塾、いつも楽しみにしてます」などと、笑顔で話しかけられると、私もうれしくなります。いつも、山折先生と一緒に舞台に出ているために、時には、先生への講演依頼の仲介役を頼まれることもあります。断りきれず、「お忙しければ遠慮なく断ってください」と、先生につなぐことになるのですが、先生は、どんな依頼でも、日程の都合さえつけば、快く引き受けられることが多く、後で恐縮することもしばしばです。また、昨年の暮れには、「こころ塾」の会場風景をスケッチしておられる神戸の男性から、自費出版で出された画文集を送っていただき、それがきっかけで、その後も、ご自身のスケッチ日記をメールで送ってくださるようになりました。こうした出会いもすべて、「こころ塾」のご縁と、感謝しています。

「こころ塾」がスタートした年は、ちょうど、私が新聞社を定年退職する年でした。在職中に、

「こころ塾」の企画に関わったことから、司会進行役を引き受けることになったのですが、私自身の人生の大きな節目にあたる時期に、このような意義のある仕事に関わることができたこと、また定年後も引き続き、山折先生の補佐役をつとめさせていただけたことは、大変ありがたく、幸せなことと感謝しています。この間に、私も、〝前期高齢者〟と呼ばれる年代に突入しました。「林住期」、(もしくは〝不良老年期〟)を謳歌しておられる山折先生の境地には、まだまだ及びませんが、毎回、先生とゲストの間で交わされる対話を通じて、私自身が教えられることが多く、もうしばらく、山折先生のもとで、人生修行を続けさせていただけるなら、これほどうれしいことはありません。

(大阪府立文化情報センター所長、元読売新聞大阪本社編集委員)

# あとがき

「こころ塾」の録音テープを何本か聞く機会があった。田中優子さんや船村徹さん、池田理代子さんがゲストだったときのものである。旧式の小型カセットレコーダーにイヤホンをして、ひとり静かに耳を傾ける。目を閉じると、幽玄な能舞台が浮かぶ。そうして、山折哲雄先生とゲストの方との対談が、縦横無礙に流れていく。

会場で聞くのとはまた違った味わいがあった。ＮＨＫラジオ深夜便の、あのゆったりとした雰囲気に似ているといったらいいだろうか。言葉の一つひとつが、それこそ五臓六腑に染みわたっていくような心地になったのを覚えている。

加藤丈夫前部長からの引き継ぎを兼ねて、大槻能楽堂に足を運んだのは昨年の七月、道浦母都子さんをゲストにお招きした第二十一回のことだった。わが社の企画ながら、実はそれが初めてだったのだが、目の前で繰り広げられる対談の妙にすっかり魅せられ、「こころ塾」が毎回多くのファンを引きつけている所以を感得することができた。

できれば、あの言葉、あの感動をずっと手元に残しておきたい。会場で聞けなかった人たちにも広く伝えられれば。そんな声もあって、四年前に出版した本の続編を、との計画は以前からあったようだ。いつも山折先生と息のあったコンビで司会を務めている音田昌子さんとも相談しながら、ようやく出版にこぎつけた。

本書には、二〇〇四年七月に開いた第十二回から今年三月の第二十三回まで十二回分の記録を収めている。大阪本社版の朝刊では、開催のつど、文化部の記者たちが取材し、森恭彦次長（現・配信部次長）や佐藤浩次長がデスクワークをしてまとめた詳報を掲載してきた。出版にあたってこれらを大幅に加筆した。写真は本社写真部員が撮影したものである。私自身が録音テープで追体験したようなしみじみとした味わいを、こんどは活字の世界で楽しんでいただけたらと願っている。

最後に、お忙しいなか、ゲラ刷りに目を通してくださった山折先生とゲストのみなさんに心から感謝申し上げます。そして、運営にご協力いただいている大槻能楽堂のみなさんに感謝申し上げるとともに、出版を快く引き受け、編集作業を粘り強く見守っていただいた東方出版の今東成人さんに厚くお礼を申し上げます。

二〇〇八年九月一日

読売新聞大阪本社文化部長　橋本誠司

**山折哲雄**（やまおり　てつお）
宗教学者。1931年、米・サンフランシスコ生まれ。国立歴史民俗博物館教授、京都造形芸術大学大学院長、国際日本文化研究センター所長など歴任。
著書に「日本人の霊魂観」「日本宗教文化の構造と祖型」「仏教とは何か」「悪と往生」など。

山折哲雄 こころ塾 Ⅱ

2008年10月30日　初刷第1刷発行

編　者　読売新聞大阪本社
発行者　今　東　成　人
発行所　東　方　出　版㈱
〒543-0052　大阪市天王寺区大道1―8―15
明治安田生命天王寺ビル
TEL. 06-6779-9571　FAX. 06-6779-9573
装　丁　森　本　良　成
印刷所　亜　細　亜　印　刷㈱

落丁・乱丁本はおとりかえいたします。　ISBN978-4-86249-130-5